회사원
마스터
*Businessman*
*Master*

# 회사원 마스터 8

에바트리체 장편 소설

초판 1쇄 찍은 날 § 2015년 10월 19일
초판 1쇄 펴낸 날 § 2015년 10월 26일

지은이 § 에바트리체
펴낸이 § 서경석

편집책임 § 이창진

펴낸곳 § 도서출판 청어람
등록번호 § 제387-1999-000006호
등록일자 § 1999. 5. 31
어람번호 § 제1-2261호

주소 § 경기도 부천시 원미구 부일로 483번길 40 서경B/D 3F (우) 14640
전화 § 032-656-4452  팩스 § 032-656-4453
http://www.chungeoram.com
E-mail § chungeorambook@daum.net

ISBN 979-11-04-90466-0 04810
ISBN 979-11-04-90281-9 (세트)

FUSION FANTASTIC STORY
에바트리체 장편 소설
회사원 마스터
8
Businessman Master
도서출판
청어람

# 목 차

## 제1장

다른 누군가의

새 출발

"안녕하세요."

첫 출근을 하게 된 황고수 부장이 같은 사무실에서 일하게 된 직원들을 향해 간단하게 인사를 건넨다.

그의 출근은 이미 익히 잘 알려져 있었다.

청진그룹에서 영업 1팀을 이끌었던 우수한 인재!

하나 그런 좋은 타이틀을 가지고 있음에도 불구하고 그를 바라보는 사원들의 시선은 그리 곱지만은 않았다.

왜냐하면, 이미 청진그룹에서 안 좋은 형태로 퇴사를 하고 이곳, 머메이드 영업부로 옮겨 오게 되었다는 소문이 일파만

파 퍼졌기 때문이다.

소문이란 발 없는 말과도 같은 법이다.

이미 황고수가 머메이드 영업부 부장으로 오기 전부터 사내 직원들은 그에 대한 행적을 접한 지 오래였다.

"아, 안녕하세요."

"…잘 부탁드려요."

그다지 곱지 않은 시선들이 여기저기 꽂히기 시작한다.

물론 황고수 또한 이런 현상이 발생하리라고 이미 예상하고 있었다.

대한민국이란 좁은 땅덩어리에 불과하다.

이 좁디좁은 곳에서 소문 하나 잘못 났다가, 그 이미지가 평생 꼬리표처럼 따라다니는 건 일쑤다.

특히나 사업적인 분야가 다르다 하더라도 같은 영업부라면 결국 황고수 부장에 대한 안 좋은 소문은 직접적으로나 간접적으로나 어떠한 수단을 통해서라도 머메이드 내부로 들어오게 된다.

'저러다가 우리 회사도 배신하는 거 아니야?'

'강오선 사건의 내통자라고 하던데…….'

'조심해야겠어. 괜히 잘못 엮였다가 우리들도 피해를 볼 수 있을 테니까.'

"……."

굳이 직접 말로 듣지 않아도 대충 사원들이 자신을 어떤 식으로 생각하는지 황고수도 잘 알고 있었다.

황고수도 눈치가 없는 사람이 아니다.

홍보팀의 구서일 부장만큼 뛰어난 눈치 감각이 없어도 이 무거운 사무실을 분위기를 통해 자신이 결코 환영받는 사람이 아님을 쉽사리 깨달을 수 있었다.

물론 이런 현상은 황고수 부장도 어느 정도 예견하고 있던 바이다.

그래서 사실은 청진그룹에 어떻게든 남아서 자신의 억울한 누명을 해결하고 싶어 했다.

그러나 상황은 결코 여의치 않았다.

자신이 아무리 발버둥을 쳐 봤자, 강오선과 내통한 이력이 없음을 알리는 확실한 증거가 없다.

진범을 잡아내는 것이 가장 확실한 방법이었지만, 불행하게도 황고수에게는 진범을 알아낼 만한 능력이 없었다.

그 결과가 바로 이것이다.

"후우."

옅은 한숨을 내쉬며 자신에게 할당된 책상으로 향하는 황고수.

의자에 앉은 채 오늘 처리해야 할 업무 목록을 확인해 본다.

그 순간.

"다들 열심히 일하고 있나?"

"전무님 오셨습니까?!"

체린의 개인적인 스승이기도 하자, 머메이드 성장에 큰 일조를 해온 최현수 전무가 영업팀 사무실에 모습을 드러낸 것이다.

평소에도 자주 각 부서별로 방문을 하는 게 최 전무의 습관 아닌 습관이기에 직원들도 그의 방문에 대해서 딱히 큰 거부감을 느끼거나 하진 않는다.

"여기서 다시 보게 되는군."

"오랜만입니다, 전무님."

황고수가 자리에서 일어서며 간단하게 최 전무와 악수를 주고받는다.

"첫 출근은 어떠한가?"

"아직 제대로 일을 하지 않아서 잘 모르겠습니다."

"허허, 자네라면 충분히 잘해낼 수 있을 걸세. 무엇보다도 청진그룹에 있을 때보다 여기가 더 쉽지 않겠는가?"

"하하하……."

물론 회사 규모로 따진다면 청진그룹에 비해 머메이드에서의 업무가 난도가 낮을지도 모른다.

하나 함부로 간과해선 안 될 점이 있다.

청진그룹의 경우에는 이미 기반이 다져진 상태에서 선두 주자 자리를 유지하기 위한 영업을 펼치는 것에 중점을 둔다면, 머메이드는 그와 다른 노선을 타야 한다.

머메이드.

아니, 이제 곧 포괄적인 명칭으로 개명할 이 기업은 철저하게 도전자의 지위를 유지하고 있다.

비록 사업 분야는 다르지만, 기업이라는 범위를 놓고 보자면 청진그룹과 동일한 노선에 놓여 있다 해도 과언이 아니다.

머메이드를 성장시켜 가야 한다.

그것도 청진그룹에서 한 번도 해본 적이 없는 요식업이라는 분야에서 말이다.

"너무 걱정하지 말고 자신감 충분히 가지고 하게. 자네라면 잘해낼 수 있을 게야."

"…알겠습니다."

고개를 끄덕이며 최 전무의 말을 받아들이는 황고수.

그렇게 최 전무와의 짧은 인사를 마친 뒤 자리로 돌아간다.

\*　　　\*　　　\*

한편.

황 부장과 가볍게 인사를 나눈 뒤, 체린이 머물고 있는 부사장실로 자리를 옮기게 된 최 전무가 가볍게 사무실의 문 위로 노크를 시도한다.

똑똑.

"접니다, 부사장님."

"들어오세요."

끼릭.

체린의 허가가 떨어지자마자 최 전무가 익숙하게 문을 열고 사무실 안으로 들어선다.

붉은색 계통의 정장을 착용한 채 이른 아침부터 단정한 모습으로 업무를 진행하고 있던 체린이 최 전무의 모습을 확인하자마자 자리에서 일어서며 그에게 다가간다.

또각또각.

힐 굽 소리와 함께 오며 최 전무에게 근처 손님맞이용 소파를 가리킨다.

"잠시 앉아계실래요? 커피라도 타드릴게요."

"허허, 감사합니다."

체린이 타주는 커피는 그야말로 일품(一品)이다.

역시 커피 브랜드 대표의 딸다운 면모라고 할까.

원두커피의 향이 진하게 사무실 내부에 퍼지기 시작한다.

이윽고 머지않아 테이블 위에 두 잔의 커피가 흰색의 잔에 담겨 모습을 드러낸다.

"뜨거우니 조심해서 드세요."

"알겠습니다."

후르릅.

천천히 커피를 음미하기 시작하는 최 전무.

맞은편에 자리를 잡은 체린 역시 자신이 탄 커피를 한 모금 들이켜 본다.

"괜찮게 잘 나왔군요."

커피 잔을 내려놓으며 칭찬의 말을 건네는 최 전무를 향해 체린이 입꼬리를 슬며시 올리며 빙그레 미소를 지어 보인다.

"고마워요."

"그보다도 부사장님께서 부탁하신 일에 대해 말씀을 드리고자 합니다만."

"……."

체린이 살짝 굳은 표정으로 최 전무를 바라본다.

"어땠나요?"

"예상했던 그대로입니다."

"역시… 그랬군요."

살짝 침울한 표정을 지어 보이는 체린이 옅은 한숨을 내쉰다.

그와 동시에 최 전무의 말이 비교적 빠르게 이어진다.

"사원들의 눈에서 황고수 부장에 대한 신뢰감이 보이지가 않더군요. 아무래도 청진그룹에서 좋지 않은 일로 퇴사했다는 소문이 벌써부터 여기저기 퍼진 모양인가 봅니다."

"아무래도 그렇겠죠. 다른 사람도 아니고, 청진그룹 영업 1팀에서 일했던 엘리트 중에서도 엘리트가 왔으니까요. 사람들의 견제도 있을 테고, 무엇보다도… 누명으로 사원들의 신임을 얻을 수 없는 이미지라는 게 가슴이 아프네요."

"그렇지요."

이미 민철을 통해서 체린은 황고수 부장이 진범이 아님을 들었기에 그의 억울함을 익히 잘 알고 있었다.

하지만 아는 것과 공감하는 건 별개의 문제다.

체린의 입장에서 그의 억울함을 같이 공감해 준다는 건 거의 불가능에 가까운 일이다.

왜냐하면 그는 황고수 부장의 입장이 되어보지 못했기 때문이다.

"사원들이 좀 더 황 부장님에 대한 생각을 개선했으면 좋겠는데…….."

"저도 그러고 싶지만, 지금 당장 해결할 수 있는 방법이 떠오르지 않는군요."

"……."

최현수도 이번 일에 대해서는 별다른 해결책을 제시할 순 없었다.

아니, 사실은 시간만 있으면 어느 정도 해결될 문제이기도 하다.

좋지 않은 행동으로 인해 발생하게 된 행적은 계속 언급될 수 있는 이력이긴 하지만, 동시에 우리나라는 다른 나라에 비해 어느 한 이야깃거리에 대해 빠르게 불사르고 빠르게 식는 문화 현상을 지니고 있다.

비록 지금 당장은 황고수 부장에 대한 평가가 좋지 않다 하더라도, 시간이 지날수록 황고수 부장이 보여주는 활약에 매료되어 다른 사원들도 점차적으로 황 부장에 대한 거부감이 사라질 것이다.

황고수란 남자는 기본적으로 실무, 영업 쪽에서 우수한 실력을 보유하고 있다.

그 사실은 최현수 또한 익히 잘 알고 있었다.

황고수 부장에 대한 일화는 그 또한 여러모로 다방면에서 접해왔기 때문이다.

결국 그의 실력이 황고수란 사람의 이미지를 쇄신시켜 줄 것이다.

하지만.

그보다도 더 확실한 방법이 있다.

황고수 부장의 누명을 벗기면 된다.

"민철 씨가 얼마만큼 빨리 움직여 주느냐에 따라 달라지겠네요."

"그에 대해서 들은 바가 있습니까?"

"아니요. 최대한 빠르게 진범을 찾아내 볼 거라는 말밖에 들은 적이 없어요."

"그렇군요."

최 전무의 질문에 대해서 체린은 그저 고개를 절레절레 좌우로 흔드는 제스처를 취할 수밖에 없었다.

민철에게 대략적인 계획은 들었다.

하지만 강오선을 통해 미리 진범을 알아냈다는 건 체린에게도 알려주지 않았다.

그저 회장 세력 인물들과 협력해 최대한 빨리 진범을 찾아내겠다는 공약만 들려줬을 뿐이다.

결국 황고수를 구원해 줄 수 있는 건······.

이민철밖에 없다.

황고수를 위기 속에 방치해 둔 것도 민철이지만, 동시에 그에게 도움의 손길을 내밀어줄 수 있는 것도 이민철인 셈이었다.

이것이야말로 병 주고 약 주고란 것일까.

하지만 민철이 황고수에게 주는 약이란, 어찌 보면 모든 병을 치유시킬 수 있는 만병통치약이 될 수도 있을 것이다.

"······!"

진동 모드로 바꿔둔 스마트폰이 강하게 진동음을 선사한다.

"잠깐 전화 한 통화 좀 할게요."

"그러시지요."

최 전무에게 양해를 구한 체린이 통화 버튼을 터치한다.

그녀가 통화를 시도하는 동안, 최 전무는 다시 한 번 체린이 대접한 커피를 한 모금 음미하기 시작한다.

"여보세요. 민철 씨? …정말?!"

놀라는 반응을 선보이는 체린 덕분에 최 전무의 눈빛이 가늘어진다.

그녀의 모습으로 보아선, 민철이 그녀에게 뭔가 중요한 말을 건넨 것으로 보인다.

"…알았어. 그렇게 알고 있을게. 응, 민철 씨도 너무 깊게 휘말리지 않도록 조심하고."

통화를 종료하자마자 최 전무가 짧게 자신의 추측을 읊조린다.

"계획대로인가 보군요."

"네, 그런 거 같아요."

민철의 첫 단계 계획이 성공했다!

강오선과 내통한 청진그룹 내부 스파이를 찾아냈다는 소식이었다.

"진범을 찾아냈다고 해요."

"벌써… 말입니까?"

"네. 서진구 부사장과 함께 곧장 간부 회의를 소집할 거라 하더라고요."

"그나저나 진범을 알아내다니… 놀랍군요."

최 전무의 입장에선 진범을 알아낸 민철의 행적이 사실 매우 놀라웠다.

어떻게 일개 사원에 불과한 그가 진범을 알아냈다는 것일까?

아니, 상식적으로 생각해도 그건 불가능에 가까운 일이다.

"뭔가… 천운(天運)이 따르거나 하지 않았다면 현실적으로 힘들지 않을까 생각했는데… 운이 좋은가 보군요.."

최 전무는 민철이 혼자서 진범을 찾아냈다곤 생각하지 않는다.

그럴 만한 지위도 아닐뿐더러, 일개 사원인 민철이 찾아낼 정도라면 이미 그 윗선에서 충분히 진범을 밝혀냈을 가능성이 크다.

사전에 민철이 강오선과의 몰래 협력 체제를 구축했다는 걸 체린에게도 말하지 않았기 때문에 발생하는 착각이기도 하다.

함부로 자신의 공로에 욕심을 내세우며 전선에 나서지 않는다.

직접 발톱을 내세우지 않는다.

괜히 앞으로 나섰다간, 조준당하기 편한 표적이 되기 십상이기 때문이다.

"아무튼 민철 씨의 의도대로 진범을 찾아냈다니 다행이에요."

체린도 민철의 구체적인 행적에 대해 잘 모르기에 그저 다행이라는 말만 되풀이할 뿐이었다.

제2장

치명타

"나, 서진구일세. 잠깐 이야기 좀 할 수 있을까?"

"……."

타이밍이 너무 좋지 않다.

이제야 막 성진을 통해서 장 전무가 진범임을 알아냈는데, 갑자기 서진구가 들이닥치다니.

"…젠장."

짧게 욕지거리를 내뱉는 성진이었다.

마치 자로 잰 듯한 타이밍에 그 또한 마찬가지로 평정심을 유지하기 어려웠다.

서진구는 엄밀히 따지자면 남우진보다 서열이 높은 남자이기도 하다.

공동 창업자라는 타이틀이 서진구의 뒤에서 든든하게 자리를 잡고 있다.

남우진이 청진그룹을 독차지하지 않는 이상 함부로 서진구를 무시할 수 없을 것이다.

게다가 강오선에게 큰 타격을 입었다 해도 아직까지 한경배 회장의 영향력이 살아 있다.

그렇기에 서진구도 결코 무시할 순 없다.

"어떻게 하시겠습니까?"

성진이 남우진에게 의사를 묻는다.

그러나 이미 답은 정해져 있다.

"여기서 서진구 부사장을 돌려보낼 수도 없잖냐."

"……."

"네가 알아차릴 정도라면, 분명 서진구 부사장도 뭔가를 눈치챘을 가능성이 크다. 괜히 나를 직접 찾아올 사람이 아니니까."

"설마… 진범을 알아차렸다거나…….."

"그 가능성도 열어둬야겠지."

"……."

그렇게 되면 최악의 결과밖에 기다리고 있지 않다.

서진구 부사장이 진범을 알고 있다!

그 말인즉슨, 회장 세력에게 강력한 일격을 허용할 수밖에 없다는 말이 된다.

아직 남우진은 제대로 된 대책조차 세우지 못했다.

하다못해 장진석 전무로 인해 피해를 보더라도 최소한으로 그치게끔 조치를 취해야 하는 게 남우진으로선 그나마 최선을 다하는 플레이라 할 수 있을 것이다.

하나 그러기에는 절대적으로 시간이 필요하다.

이제야 겨우 진범을 알게 되었는데, 이 중요한 타이밍을 서진구에게 빼앗기고 싶지 않다!

그러나 서진구는 남우진에게 결코 시간을 주고 싶지 않으려는 듯이 계속해서 그에게 대답을 촉구한다.

"언제까지 날 기다리게 할 생각인가? 설마 없는 척하진 않겠지?"

"……."

"그저 만나서 할 이야기가 있을 뿐이네. 오래 걸리진 않을 게야."

무슨 이야기일까.

서진구도 보통내기는 아니다.

괜히 아무런 이유 없이 남우진을 찾아왔을 리는 없을 터이고.

"……."

고민에 고민을 거듭하는 남우진이었으나…….

결국 마지못해 결단을 내릴 수밖에 없다.

"들어오시기 바랍니다."

"그럼 잠시 실례하겠네."

서서히 사무실의 문을 열고 들어서는 서진구.

그의 시야에 멀뚱히 서 있는 남성진이 들어온다.

"자네도 있었군."

"안녕하십니까, 서진구 부사장님."

"흠… 미안하지만 잠깐 자리 좀 비켜줄 수 있겠나? 내, 자네의 아버지와 긴히 할 이야기가 있어서 말일세."

"예, 알겠습니다."

어차피 여기서 자신도 남아 있겠다는 고집을 부릴 수도 없다.

그럴 명분도 없을뿐더러, 괜시리 성진이 수상한 행동을 보이게 되면 서진구에게 도리어 의심을 사게 될지도 모른다.

위기일수록 태평하게 행동해야 한다.

상대방에게 허점을 드러내지 않기 위해서라도 평상시의 모습을 연출하는 편이 좋을지도 모른다.

천천히 사무실 바깥으로 나온 남성진의 표정이 사정없이 일그러진다.

"하필이면⋯⋯!"

이 중요한 순간이 서진구 부사장이 방문한 건 사실 문제가 아니다.

현재 가장 중요한 건 바로 장진석 전무가 진범이라는 사실이다.

"어떻게 해야 하나."

솔직히 말해서 남성진으로선 제대로 된 판단을 내세울 수가 없었다.

예상치 못한 타이밍에 그저 우연히 장진석 전무가 강오선과 어느 정도 긴밀한 관계를 유지하고 있었다는 걸 알게 되었고, 그걸 이제야 겨우 자신의 아버지에게 보고했다.

대책을 마련해야 할 시기에 적대적인 세력에서 현재 수장격인 인물이 몸소 찾아오고 만 것이다.

그 이유는 아직 알지 못한다.

하나 분명 성진과 남우진에게 있어서 결코 좋지 않은 이유가 되리라.

"내 나름대로 대책을 세워야겠어."

우선 장진석 전무부터 만나서 자초지종에 대한 걸 들을 필요가 있다.

물론 그가 진실을 이야기해 줄 거란 확신은 들지 않는다.

아무에게도 말하고 싶지 않은 비밀인데, 그걸 같은 부사장 세력에 속해 있는 아군이라 하더라도 거리낌 없이 다 말해줄 용의가 있을까.

만약 성진이 장 전무의 입장이라면, 지금 당장은 어떻게 해서든 이 진실을 은폐하고 싶다는 생각부터 먼저 하게 될 것이다.

게다가 장진석 전무가 사전에 이 정보를 아군들에게도 공유할 생각이 있었다면, 진작부터 미리 공유를 했어야 했다.

불특정 다수에게 자신의 범실을 노출시키기 싫다면, 하다 못해 남우진에게라도 말을 해두는 것이 좋다.

그러나 장진석은 진실보다 거짓을 선택했다.

그 덕분에 졸지에 남우진, 남성진 부자에게도 피해가 올지도 모르는 위기가 생성된 것이다.

지금이라도 늦지 않았다!

장 전무에게 모든 사실을 전해 듣고, 남우진과 앞으로의 일을 논의하게 된다면 어떻게든 이 최대의 위기를 극복할 수 있을 것이다.

물론 남우진 측이 피해를 전혀 보지 않을 거란 생각은 성진도 이미 머릿속에서 지운 지 오래다.

어떤 형태로 가든 무조건 남우진 측에게 손해가 발생할 수밖에 없다.

이미 황고수 부장이라는 애꿎은 희생자를 배출한 상황에

서 뒤늦게나마 진실을 토로한다 하더라도 돌아오는 건 비난의 화살밖에 없다.

"역시… 은폐밖에 없나."

성진의 생각대로라면, 장 전무와 강오선의 내통 사실을 알고 있는 건 아마 당사자인 장 전무와 남성진, 남우진 부자, 그리고 강오선. 이렇게 4명이 끝일 것이다.

"강오선의 입만 틀어막으면 되겠어."

빠르게 머릿속에서 앞으로 성진이 해야 할 일들이 정리되기 시작한다.

하나.

그가 세운 계획은 애초에 완벽하지 않았다.

주요 인물 4명만이 이 내통 사실을 알고 있다는 전제 조건 자체에 심대한 오류가 있었기 때문이다.

빠르게 장진석 전무가 있는 사무실로 이동하는 남성진.

바로 그때였다.

"아, 성진 씨!"

반가운 기색을 뿜내며 성진에게 알은척을 해오는 동기 사원.

성진의 일생일대 가장 최대의 라이벌이라 생각하는 남자, 이민철이었다.

"민철 씨군요……."

"어딜 그렇게 바쁘게 가시는 겁니까?"

"…잠시 볼일이 있어서 말입니다."

"그렇군요. 저도 마침 볼일이 있어서 이동 중이었는데. 같이 가실까요?"

"제가 어디로 갈 줄 알고 동행을 제안하는 건지 잘 모르겠습니다만. 혹시 알고 있습니까?"

"얼추 알 거 같습니다만."

서로 대화를 나누면서 어느 한 사무실 앞에 걸음을 자연스럽게 멈춘다.

물론.

민철 역시 마찬가지였다.

이들이 멈춰 선 사무실 앞.

그곳은 다름이 아닌……

"장진석 전무님을 만나러 오신 모양인가 보군요."

"……"

민철의 입가에 슬며시 미소가 번지고 있었다.

*　　　*　　　*

"하아……."

늘어지게 한숨을 내쉬며 엘리베이터에 오르기 시작하는

추화연.

"인간은 참 귀찮은 일을 반복하는구나."

하나부터 열까지 모든 업무가 정말 쓸데없어 보인다.

사무용품을 구하기 위해 20분이라는 시간을 투자해 직접 몸소 커터 칼과 가위를 사 와야 하다니.

"마법으로 잘라내면 참으로 좋을 텐데."

하나 다른 이들이 보는 앞에서 마법을 사용하는 건 자제해야 한다.

편리한 마법을 놔두고 굳이 엘리베이터를 이용해 위아래 층을 왔다 갔다 해야 한다든가 하는 고충을 겪고 있던 추화연.

그러던 중에 예상치 못한 사람과 마주하게 된다.

땡! 소리와 함께 엘리베이터가 어느 층에 정지하면서 양쪽으로 문이 열리기 시작한다.

그와 동시에 엘리베이터 안으로 들어오기 시작하는 사람이 있었다.

"……."

무거운 표정으로 엘리베이터 내부의 벽에 기댄 채 생각에 잠기는 남성진이었다.

직접적으로 아는 건 아니지만, 그래도 화연은 어느 정도 남성진을 알고 있었다.

민철에게 있어서 나름 주요한 인물이기도 했으니 말이다.

그나저나 도대체 어디로 가는 걸까.

슬쩍 성진을 응시하던 화연이 속으로 미소를 지어 보인다.

'심심한데 미행이나 한번 해볼까?'

어차피 경영지원팀은 현재 사무용품 정리를 아무도 안 했다는 이유로 잔뜩 뿔이 난 부장 덕분에 사무실 분위기가 그다지 좋지 않았다.

굳이 꽉 막힌 사무실 공기를 들이마시기보다는 기왕 바깥에 나온 김에 잠시 외도를 해볼까 하는 추화연이었다.

그리고 혹시 또 모르지 않겠는가.

미행한 결과, 자신이 중요한 정보를 얻을 수 있을지도.

띵!

다시 한 번 엘리베이터가 어느 층에 정지한다.

이윽고 성진이 자리를 뜨기 시작하자, 동시에 화연이 빠르게 마법을 발동시킨다.

사라락!

힐을 신고 있는 발끝부터 단아하게 정돈된 단발머리까지.

순차적으로 서서히 투명화 마법으로 모습을 감춘 화연이 천천히 성진의 뒤를 따른다.

혹시나 몰라서 사일런스 마법까지 더해 자신의 힐 굽 소리까지 완벽 차단한다.

원래의 고차원적 모습으로 돌아간다면 굳이 이런 귀찮은 짓을 하지 않은 채 그저 따라가기만 하면 되지만, 인간의 육체를 가지고 있을 때에는 번거롭게 두 가지 마법을 동시에 걸어둬야 한다.

'역시 인간은 귀찮은 존재야.'

그래도 어찌하겠는가.

함부로 자신의 본모습을 드러낸다면, 다른 고차원적 존재에게 인간으로 둔갑한 사실을 들킬 가능성이 매우 크다.

그렇게 천천히 남성진을 미행하기 시작하는 추화연.

아무래도 경영지원팀이다 보니, 다른 사무실에 왔다 갔다 할 일이 많은 화연이기에 성진의 발걸음이 향하는 곳이 대략 어디인지 감 정도는 잡히고 있었다.

'남우진 부사장이 있는 곳이겠지?'

성진과 남우진, 두 사람이 부자(父子) 관계임을 알고 있는 화연이기에 얼추 성진의 목적지가 어디일지 알 수 있었다.

그러나 도중에 갑자기 이상 징후가 발생하게 되었다.

"강오선, 네 이놈!! 설마 나를 배신할 생각이냐!!"

"……?!"

순간 낯선 이의 목소리가 성진의 발걸음을 멈춰 세운다.

자연스럽게 화연 또한 걸음을 멈추고 성진의 모습을 관찰한다.

이윽고 상당히 동요하는 표정을 지어 보이던 그가 어느 한 사무실의 문 바깥에서 귀를 기울인다.

'여긴……'

바로 장진석 전무의 사무실이었다.

화연이 제아무리 인간계에 별로 관심이 없는 고차원적 존재라고는 하나, 추화연이라는 여성으로 둔갑해 청진그룹 내부에서 사원으로 일하고 있는 이상 강오선 사건에 대해서 모를 리가 없다.

최근 청진그룹에 다니면서 가장 크게 벌어진 사건이기도 했기에 알고 싶지 않아도 청진그룹에 다니고 있으면 저절로 알게 되는 사건 중 하나가 바로 강오선 사건이라 할 수 있다.

그러나 강오선 사건은 아직 정식으로 해결되지 않았다.

강오선과 내통한 진범을 잡지 못했기 때문이다.

황고수 부장은 범인이 아닐 거라는 민철의 말을 상기시킨 화연이 무의식적으로 고개를 끄덕인다.

'과연… 그렇게 된 일이구나.'

그녀도 성진과 마찬가지로 동시에 사건의 진범을 알게 되었다.

굳은 표정을 지어 보이던 성진이 주먹을 불끈 쥐어 보인다.

이윽고 빠르게 발걸음을 옮기며 남우진이 있는 곳으로 향해 나아간다.

아마도 예상치 못한 정보 덕분에 머릿속에 혼란이 가득할 것이리라.

"욕심 가득한 아군을 둬서 저 사람도 고생이네."

가볍게 한숨을 내쉬며 마법을 해제하는 추화연.

계속해서 성진의 뒷모습을 바라보던 화연의 입가에 미소가 번진다.

"이렇게 재미있는 일이 벌어지게 될 줄이야… 역시 미행하길 잘했어."

\*　　　\*　　　\*

서진구에게 장 전무와 강오선, 두 남자의 내통 증거를 건네줬으니 이제 어떻게 그들에게 공격을 가해야 보다 더 효율적인 공격을 선사할 수 있을지 고민해 볼 시간이 필요하다.

기왕 이렇게 된 거, 민철의 욕심으로는 부사장 세력의 뿌리까지 도려내 회장 세력이 청진그룹을 완벽하게 장악하게끔 만들어 버리고 싶다.

하나 그건 아직 시기상조라 할 수 있다.

이번 일이 남우진 세력을 악화시킬 수 있는 계기가 되어주는 건 틀림없다. 하지만 그렇다고 무작정 남우진을 비롯한 간부들을 도려내는 건 청진그룹의 기반을 뒤흔들 법한 위험

천만한 일이기도 하다.

부사장 세력 견제 이전에 청진그룹을 위기에 빠뜨리고 싶지 않다.

천천히.

천천히 이 모든 일들을 행하면 된다.

아직 민철에겐 시간이 많이 남아 있으니 말이다.

'타이밍이 문제군……'

어차피 공격 권한은 모두 서진구에게 양도했다.

민철은 그저 느긋하게 상황을 방관하며 이번 일에 대한 정보를 최 기자에게 넘겨주기만 하면 될 일이다.

하지만 그때, 민철이 예상치 못한 일이 발생하게 되었다.

똑똑.

사무실에 가벼운 노크 소리가 들려온다.

"네, 들어오세요."

업무를 처리하고 있던 태희가 맑은 목소리와 함께 사무실 문을 열어준다.

그러자 총괄기획부 사무실 문 바깥에 위치해 있던 한 여인이 빙그레 웃어주며 태희에게 인사를 건넨다.

"안녕하세요, 태희 씨."

"어머, 화연 씨 아니세요? 무슨 일이신가요??"

화연이란 말을 듣자마자 모니터에 시선이 고정되어 있던

민철의 눈빛이 절로 그녀를 향하게 된다.

'저 녀석이 도대체 무슨 일로.'

민철이 늘상 마주칠 때마다 긴장하는 사람이 이 세계에 딱 2명 있다.

그중 한 명은 민철에게… 아니, 레이폰 더 데스사이드에게 엄청난 원한을 품고 있는 레이너 슈발츠, 현실 세계로 따지면 도안이라고 할 수 있다.

만약 그에게 자신이 레이폰이라는 사실을 들키기라도 한다면, 현실에서 마법 대전이라도 벌여야 할 판이다.

말로써는 자신이 있지만, 마법 대결로 가게 되면 자신이 9클래스 마스터를 이길 자신은 없다.

그렇기에 도안에 대해서는 MBS라는 특별한 조직을 임의로 설정하면서까지 그와의 접점을 만들어두고 특별 관리에 들어가 있다.

그리고 두 번째가 바로 추화연이다.

어디로 튈지 모르는 트러블 메이커(Trouble Maker).

민철이 의도하는 그대로 행동해 주지 않는 골치 아픈 여성이다.

아무래도 인간보다 상위 존재라는 자존심 때문일까.

그 자존심 때문에 민철의 말을 그대로 따라주는 모습을 보여준 적이 사실상 거의 없다시피 하다.

그런 두 명의 존재 중 한 명이 모습을 드러냈으니······

민철의 신경이 안 쓰이려야 안 쓰일 수가 없을 것이다.

"무슨 일로 오셨나요?"

민철과 다르게 태희의 입가에는 여전히 환한 미소와 함께 화연을 반겨주고 있었다.

경영지원팀에 소속되어 있는 화연인지라 잡무를 맡고 있는 태희와 얼굴을 마주칠 기회가 몇 번 있었다.

게다가 화연이라는 인물 자체도 워낙 예쁘고 조신하기로 소문이 난지라(물론 민철에겐 전혀 아니지만) 태희도 개인적으로 화연이란 인물에 대해 어느 정도 호감을 가지고 있었다.

"이 부장님에게 잠깐 볼일이 있어서요. 괜찮을까요?"

일부러 민철에게 들리게끔 살짝 목소리를 높여 말하는 화연.

그녀의 말에 자연스럽게 자리에서 일어선 민철이 표정 연기에 들어간다.

"네. 물론입니다. 중요한 일이라도 생겼나 보군요."

"우연히 얻어 걸린 일이 하나 있는데, 이 부장님에게 상당히 중요한 일 같아서요."

"······."

이번엔 또 무슨 일을 벌인 것일까.

대체로 그녀가 하는 일은 민철의 계획에 어긋나는 행동이 많아서 상당히 골치 아프다.

그래도 어쩔 수 없지 않겠나.

안 들어볼 수도 없는 노릇이고 말이다.

"…잠깐 자리를 이동하죠."

"네."

매혹적인 미소를 지어 보이며 민철의 뒤를 따르는 화연이었다.

한편.

두 젊은 남녀가 사무실을 나서자, 조 실장이 슬쩍 옆에 있던 서 주임과 태희에게 자신의 생각을 토로한다.

"민철이… 혹시 부잣집 따님과 결혼 약속을 했으면서 바람 피우는 건 아니겠지?"

"에이, 그럴 리가요."

태희가 절대로 아니라는 듯이 고개를 절레절레 흔든다.

하나 조 실장은 오히려 태희의 그런 반응에 반박을 가한다.

"혹시 또 모른다고, 태희 양. 원래 남자란 말이야… 늘 예쁜 여자의 유혹을 이기기 힘든 법이라고. 화연 양도 저 정도 외모나 몸매면 상위 클래스잖아. 안 그래?"

"조 실장님. 화연 씨를 그런 시선으로 보고 있었나요? 성희롱으로 신고할 거예요."

"그, 그런 건 아니고. 어흠! 여하튼, 자고로 남자라면 본능적으로 미인에게 끌리게 마련이라고. 혹시 또 몰라. 저러다가 민철의 여자관계가 일방통행이 아니게 될지도…….”

“그건 명백한 오해예요.”

태희가 다시 한 번 딱 잘라 조 실장의 말을 끊는다.

“민철 씨는 여자에 대해서 의외로 단호한 면을 지니고 있어요. 그러니까 바람 같은 건 피울 확률이 없다고 보셔도 돼요.”

“태희 양이 그걸 어떻게 아나?”

“그건…….”

순간 말을 잇지 못한다.

왜냐하면 태희는 조 실장의 말대로 따지자면 유(有)경험자이기도 했기 때문이다.

바로 체린에게서 민철을 빼앗으려 유혹했던 일이 실제로 있었으니 말이다.

하지만 민철은 태희의 유혹에 넘어오지 않았다.

나름 외모라든지 여러 가지 외형적인 면에서 보자면 스스로에게도 어느 정도 자신감이 있던 태희였으나, 그런 태희의 유혹에도 민철은 당당하게 지조를 지켰다.

물론 태희의 입장에선 많이 아쉬운 일일지도 모른다.

하지만 쉽사리 유혹에 넘어가는 민철의 모습보다 오히려 자신이 좋아하는 여자를 위해 흔들리지 않는 모습을 보여주는 게 이민철이란 남자다운 면모가 아닐까 싶다.

＊　　＊　　＊

총괄기획부 사무실에서 민철의 여자관계에 대해 한참 토론하고 있을 무렵.

"…방금 뭐라고 말했나."

휴게실 안에선 제법 심각한 이야기가 오가고 있었다.

물론 언제나 그렇듯, 주변을 지나며 혹여나 누군가 민철과 화연, 두 사람의 대화를 몰래 경청하게 되는 사람이 없게끔 만들기 위해 기본적으로 사일런스 마법을 걸어둔 지 오래다.

"다시 말하기 귀찮은데."

"장난칠 시간 없다. 빨리 말해."

민철이 보다 더 강경한 태도로 임하며 화연의 말을 재촉한다.

그런 민철을 향해 눈을 흘기던 화연이 어쩔 수 없다는 듯이 가볍게 어깨를 으쓱인다.

"남성진이 이번 사건의 진범을 알아냈어. 강오선과 내통한 사람이 장진석 전무라는 걸 말이야. 그것도 우연의 일치로."

"……."

강오선과 통화하는 내용을 성진이 중간에 듣게 되었다는

것까진 이미 화연에게 들었다.

'내가 그렇게 행동을 조심하라고 일렀건만……'

강오선을 향해 무의식적으로 욕지거리를 내뱉는 민철.

그런 식으로 조금이나마 장 전무에게 복수하고 싶었던 것일까.

하지만 덕분에 남성진이 이 모든 사건의 전말을 알게 되었다.

민철로서는 상당히 큰 타격을 입을 법한 일이 발생하고 만 것이다.

하나 불행 중 다행이라고 할까.

화연의 우연치 않은 활약 덕분에 성진이 어떤 식으로 장 전무와 강오선의 관계를 알게 되었는지 파악할 수 있게 되었다.

"이번에는 내가 당신을 좀 많이 도와준 거 같은데?"

"…그런 셈이군."

평소에는 걸리적거리기만 하는 여자로 취급받던 화연이었으나, 이번 공로는 인정하지 않을 수가 없었다.

"원하는 게 뭐지?"

화연의 성격상 곧이곧대로 넘어가지 않을 거라 생각한 민철이 단도직입적으로 묻는다.

그러자 빙그레 미소를 지으며 자신의 생각을 토로하는 화연.

"나도 이런 식으로 당신에게 도움이 될 수 있다는 걸 알아주기만 하면 돼."

"…그게 끝인가?"

"물론."

"……."

어찌 보면 정말 단순한 부탁일지도 모른다.

하지만 화연의 입장에서 보자면 이것 하나만으로도 정말 크다.

민철이 자신의 필요성을 알아준다는 것.

만약 민철이 보다 더 적극적으로 화연과 협력 체계를 갖추게 된다면, 화연은 민철의 곁에서 그만이 가지고 있는 화술과 처세술을 더욱 상세하게 배울 기회를 더 자주 가지게 될 것이다.

그것이 바로 화연이 노리고 있는 목적이다.

인간의 처세술과 화술을 배운다.

그걸 위해서 인간으로 둔갑하기까지 한 고차원적 존재가 바로 추화연이었으니 말이다.

"…잘 알아두지."

"머릿속에 제대로 각인시켜 두라고."

그렇게 말하며 휴게실 바깥을 빠져나가는 추화연이었다.

한동안 그녀의 뒷모습을 쫓던 시선을 거둔 채 다시 생각에 잠기기 시작하던 민철이 머지않아 스마트폰을 꺼내 든다.

성진이 장 전무와 강오선, 두 사람의 관계를 알게 된 건 치명적이다.

하지만 그나마 다행인 것은, 이제 막 알아차린 단계에 불과하다는 거다.

"바로 행동에 임해야겠군."

애써 자신이 공을 들여 만들어낸 기회를 고작 강오선의 전화 한 통 때문에 날릴 순 없다.

민철의 눈이 빠르게 서진구의 연락처를 찾아내기 시작한다.


                    *       *       *


─남우진 부자가 강오선과 장 전무의 관계를 알아차렸다는 건가?!

"예. 성진 씨가 들었다고 하니, 곧장 남우진 부사장에게 가서 이 모든 사실을 실토할 겁니다."

─큰일이군…….

사태의 심각성을 눈치챈 서진구의 목소리가 스마트폰을 통해 들려온다.

그러나 여기서 여유 있게 한숨이나 쉬고 있을 시간은 없다.

"죄송스러운 말씀입니다만, 서진구 부사장님께선 곧장 남우진 부사장을 찾아가 두 부자의 작전 회의를 방해해 주셨으면 합니다."

최대한 두 사람이 대화할 수 있는 시간적 여건을 만들어주면 안 된다.

우선 대화의 단절을 목표로 하자는 민철의 제안에 서진구 또한 찬성의 의사를 표한다.

─알았네. 내 직접 우진이 녀석한테 가보도록 하지.

"감사합니다."

─자네는 어떻게 할 생각인가?

"저는 남성진을 집중적으로 마크하겠습니다."

성진이 두 사람의 관계를 알아차리게 되었다면, 그 행동 루트는 대략 이렇게 예상된다.

우선 자신의 아버지인 남우진에게 먼저 보고한다.

하나 도중에 서진구의 방문으로 대화의 여지를 차단시켜놓으면, 남성진의 다음 목적지는 높은 확률로 장 전무가 될 것이다.

장 전무에게 어떤 식으로, 그리고 어떤 방식으로 강오선과 내통했는지에 대한 뒷사정을 경청한 뒤 대책 마련을 위해 움직일 것이다.

뒷수습을 하기 위해선 우선 장 전무의 취조가 우선적으로 시행될 거라 판단했기에 성진을 맨투맨으로 마크해야 한다.

서진구 또한 민철의 생각에 동의한다는 듯이 말을 이어간다.

—알겠네. 그쪽은 자네에게 맡기도록 하지.

"예, 알겠습니다. 그리고 가급적이면 빠른 시일 내에 간부 회의를 소집해야 할 거 같습니다. 남우진 부자가 대책을 마련하기 전에 말입니다."

—그건 걱정하지 않아도 되네. 이미 간부들을 소집할 준비를 다 마련해 뒀으니 그리 크게 신경을 쓰지 않아도 될 게야.

어지간히 이번 일에 대해 열이 받은 모양인지 벌써부터 보복을 준비하고 있었던 서진구였다.

그의 빠른 대처 덕분에 민철의 입에선 절로 안도의 한숨이 새어 나온다.

*       *       *

추화연의 활약.

그 덕분에 서진구는 남우진을, 그리고 민철은 성진을 각각 조기에 마크할 수 있었다.

장진석 전무 사무실 앞에 나란히 마주 선 성진이 민철을 지그시 응시한다.

"민철 씨는 무슨 일로 장 전무님을 찾아오신 겁니까?"

아무리 생각해도 민철이 장 전무에게 볼일이 있다곤 생각하지 않았기에 나온 질문이었다.

그다지 접점도 없을뿐더러, 심지어 응원하는 세력이 다른 마당에 굳이 장 전무와 말을 섞을 이유가 있을까?

아니, 굳이 이유를 따져 보면 하나가 나오게 된다.

바로 강오선 사건을 예시로 들 수 있다.

하나 성진은 민철이 장 전무와 강오선, 두 사람의 내통 관계를 아직 모르고 있다고 철석같이 믿고 있는 중이다.

장 전무가 강오선 사건의 진범이라는 사실을 알고 있는 건 오로지 남성진의 몫이다!

그리고 그가 최초로 진범을 밝혀낸 유일한 인물이다!

스스로에 대한 믿음을 가지고 있었기에 민철이 진실을 알고 있으리라고 생각하지 않고 있었다.

하나 민철은 그저 빙그레 웃으며 이렇게 말할 뿐이었다.

"복수하러 왔습니다."

"그게 무슨 뜻이지요?"

"아무런 죄도 없는 황고수 부장님에게 억지 누명을 씌워가며 내쫓은 분에게 정당한 응징을 할까 하고요."

"…제가 민철 씨를 잘못 봤군요."

성진의 눈매가 날카로워진다.

"그런 사소한 복수심을 가지고 장 전무님을 찾아올 생각을 하다니… 폭력이 모든 것을 해결해 줄 거라고 믿습니까? 개인적인 복수심으로 인해 주먹을 써야 한다는 생각을 가지고 있다니… 실망이군요."

"성진 씨 말이 맞습니다. 폭력은 그저 상황을 악화시킬 뿐이지요. 특히나 이 나라처럼 법이 잘 발달되어 있는 곳에선 오히려 주먹이 해가 될 수 있습니다. 하지만……."

똑똑똑.

장 전무의 사무실 문 위로 노크를 시도하는 민철의 입가에 이죽거림이 새겨진다.

"공교롭게도 전 교양인이라서요. 함부로 주먹을 내지르거나 하는 그런 사람이 아닙니다."

"……."

"아무런 소리가 안 들리는군요. 장 전무님께서 자리라도 비우셨나 봅니다."

다시 한 번 노크를 해보지만, 역시 묵묵부답이다.

방금 전까지만 하더라도 장 전무가 안에 있었다는 걸 아는 성진이었으나, 자신이 남우진에게 잠깐 발길을 돌린 그사이에 어디론가 가버린 모양인가 보다.

"안 계시니 어쩔 수 없지요. 다시 올 수밖에."

미약한 한숨을 내쉬며 괜한 발걸음을 했다는 듯한 후회감을 내비치는 민철이었다.

미련 없이 장 전무의 사무실을 떠난다.

그의 뒷모습을 응시하던 성진이 기다렸다는 듯이 재차 노크한다.

"장 전무님. 남성진입니다. 안 계십니까."

"……."

민철의 말대로였다.

안에서 아무런 반응이 감지되지 않는다.

아마도 머리라도 식히기 위해서 잠시 어디론가 나가지 않았을까.

"쳇……."

짧게 혀를 찬 성진이 다급하게 걸음을 재촉한다.

서진구 부사장이 만약 뭔가 낌새를 알아차리고 남우진에게 찾아왔다면, 일은 훨씬 복잡하게 돌아가고 있음을 뜻한다.

'어떻게 해서든 장 전무를 먼저 찾아내야 해!'

우선 그에게서 진실을 알아내는 게 최우선이다.

그렇게 생각한 성진의 걸음걸이가 더더욱 빨라진다.

한편.

"……."

돌아가는 코너길 벽에 등을 기댄 채 성진이 사라지기만을 기다리던 한 남자가 다시 복도로 모습을 드러낸다.

"의심이 많은 녀석이구만."

바로 장 전무가 없음을 알고 먼저 자리를 떠났던 남자, 이민철이었다.

"설마 내 행동을 봤음에도 전혀 믿지 않고 재차 노크를 할 줄이야. 그나마 사일런스 마법 효과가 남아 있었으니 망정이지."

실은 장 전무의 사무실 문에 노크를 하는 척하면서 동시에 터치를 하는 순간, 문에 사일런스 마법을 걸어뒀다.

즉, 제아무리 노크를 해봤자 그 노크 소리는 사무실 안에 있는 사람의 귀에 도달하지 않는다.

소리를 원천 봉쇄한 민철이 계속해서 노크를 하는 모습을 성진에게 보여줌으로써 안에 장진석 전무가 없다는 걸 확인시켜 줬다.

그러나 성진은 자신의 의구심을 끝까지 관철하면서 민철의 행동에 고정관념을 가지지 않고 자신이 직접 노크까지 해봤다.

민철을 믿지 않는 게 아니다.

타인보다 자신을 더 믿기에 나온 행동이 아닐까 싶다.

"무서운 녀석이군."

가볍게 혀를 차며 살포시 문 위로 손을 올린다.

동시에 사일런스 마법을 해제시킨 뒤 다시 한 번 노크를 한다.

똑똑똑.

"총괄기획부의 이민철 부장입니다. 장진석 전무님, 안에 계십니까."

없을 리가 없다.

왜냐하면.

이미 성진과 이야기를 하는 사이에 안에서 미세한 인기척이 느껴졌었기 때문이다.

"……."

말은 없지만, 천천히 문이 열리기 시작한다.

자연스럽게 문고리를 열고 마주 문을 열어주는 민철의 앞에 평소와 다름없이 무표정을 유지하고 있는 장진석 전무가 모습을 드러낸다.

그러나 민철은 알고 있었다.

그가 일부러 평온한 척 연기를 하고 있다는 사실을.

"자네가 여긴 무슨 일인가?"

마치 다른 곳으로 이동하려던 찰나에 민철과 마주치게 되었다는 상황처럼 인식된다.

하기사.

방금 전 강오선으로부터 그런 능욕적인 전화 통화를 받았는데, 얼마나 답답하고 짜증이 날까.

옥상이나 아니면 휴게실에 올라가서 담배라도 원 없이 피우지 않는 이상 그 속을 풀기 쉽지 않을 터이다.

"이런… 어디 가시려고 하셨나 보군요."

"…잠깐 바람 좀 쐬려고 했네만. 나에게 무슨 볼일이라도 있나?"

딱히 그는 민철과 큰 접점이 없다.

성진이 생각한 그대로 장 전무와 이민철 부장, 두 사람이 뭔가 교차점이 있는 것도 아니다.

그렇기에 장 전무는 민철이 자신을 찾아온 점에 대해 내심 놀랄 수밖에 없었다.

"다름이 아니라, 오늘은 서진구 부사장님의 전령을 전해 드리고자 왔습니다."

"무슨 의미지?"

"16시에 사내 모든 간부들을 소집하라는 공문이 내려왔습니다. 물론 가급적이면 전부, 한 명도 빠짐없이."

"서진구 부사장님이 제아무리 회장 대리까지 겸하고 있다고는 하나, 무슨 권한으로 그렇게 할 수 있다고 생각하나?"

"한경배 회장님께서도 직접 말씀하셨습니다."

"……"

잠시 착각하고 있었다.

서진구 부사장의 뒤를 봐주고 있는 건 한경배 회장이다.

두 사람의 의견이 합치되면, 청진그룹 내부에 근무하는 입장으로서 결코 거절할 수 없음을 뒤늦게 깨닫는다.

아직까지 한경배 회장은 현역이다.

여전히 회장직을 맡고 있으며, 청진그룹을 이끌어가는 주역이기도 하다.

물론 예전에 비해 그 영향력이 낮아졌다 하더라도 아직까지 한경배 회장이 이뤄낸 성공 신화와 카리스마는 여태까지 그의 뒤에서 강력한 후광을 발하고 있었다.

남우진도 아직까지는 한경배 회장의 말을 그래도 어느 정도 잘 따르는 편인데, 장진석 전무라고 어떻게 독단적으로 소집 명령을 거절할 수 있을까.

"…일단 자네의 말은 잘 염두에 두고 있겠네."

남우진에게 통화를 걸어 그 또한 소집 명령에 응하는지 아니면 응하지 않을지부터 먼저 파악해 봐야 한다.

사실 장 전무로서는 가급적이면 이 소집 명령에 응하고 싶지 않다.

서진구와 한경배 회장이 이렇게까지 직접적으로 간부들에게 강제 소집 명령을 내리는 건 사실 거의 보기 드물다.

분명 뭔가 간부들 앞에서 발표할 거리가 있음을 뜻하지 않을까.

그리고 방금 전, 강오선의 그 발언도 매우 신경이 쓰인다.

자신에게 복수할 것처럼 말했던 그의 말.

아니, 마치 복수에 성공했다는 것처럼 이죽거리던 강오선의 반응이 장 전무의 신경을 마구 자극하기 시작한다.

남우진에게 연락을 해 그의 참가 여부를 우선적으로 물어봐야 한다.

만약 남우진이 이 소집 명령을 거부하겠다면, 장 전무도 소집에 참가하지 않을 좋은 구실점이 생기게 될 것이다.

하나 남우진을 소집에 끌어들이기 위해 서진구가 직접 그와 담판을 지으러 갔다.

민철의 머릿속은 이미 그것까지 계산이 끝난 상황이었다.

'아마도 높은 확률로 회의에 참가하겠지.'

서진구와 남우진, 두 사람이 무슨 대화를 나눌지에 대해서까진 민철도 정확하게 알 순 없다.

그러나 서진구의 추진력과 카리스마라면, 어떻게 해서든 남우진을 회의 자리에 앉힐 것이다.

남우진이 참가하게 되면 장 전무에겐 거부권이 없어지게 되는 셈이다.

스마트폰을 내려다보던 장 전무가 가볍게 혀를 찬다.

그의 스마트폰으로 날아온 메시지 한 통 덕분이었다.

"…나도 소집에 응하지."

"현명한 결정이십니다."

서진구의 활약 덕분에 남우진도 강제로 소집에 참가하게 되었다.

그 사실을 문자로 전달받은 장 전무였다.

16시, 즉 오후 4시까지는 이제 앞으로 1시간도 채 남지 않았다.

갑작스럽게 결정된 긴급 소집 명령이었기에 아마 외근을 나가 있는, 혹은 휴가를 나간 간부들은 오지 못할지도 모른다.

하지만 올 수 있는 여력이 되는 간부들은 가급적이면 최대한 회의에 참가하게 만들어야 한다.

그게 민철이 해야 할 일이다.

가장 중요한 인물, 남우진과 장진석 전무의 회의 참가가 결정되었으니 이제 부사장 세력에게 이번 내통자 사건을 이용해 치명타를 가할 일밖에 남지 않았다.

'바쁜 하루가 되겠군.'

소집 시간이 정해지고, 남우진과 장 전무의 참가 여부가 결정된 시점부터 남성진이 해야 할 일은 이제 거의 없어진 셈이다.

그에게는 미안한 일이지만, 이번 일을 계기로 민철은 성진과 더 넓은 격차를 벌리며 위를 향해 올라갈 것이다.

청진그룹을 민철의 손에 쥐기 위해서!

그리고 신과의 만남을 추진하기 위해서라도 그는 이 세계에서 자본주의의 정점에 우뚝 올라서야 한다.

그게 바로 민철이 이 세계에 소환된 이유이기도 했으니 말이다.

*　　*　　*

"어째서 소집 명령에 응하신 겁니까."

서진구 부사장이 떠난 뒤, 다시 남우진에게 돌아온 성진이 그의 아버지를 원망하듯 목소리를 높인다.

상식적으로 생각해도 이번 소집 명령은 응해선 안 될 일이었다.

하나 남성진은 결국 서진구 부사장과 한경배 회장의 압박에 굴하고 말았다.

"…어쩔 수 없었다."

"그치만……."

"내가 참가를 하든 안 하든 서진구 부사장은 장진석, 그 녀석이 진범임을 밝힌다고 말하더구나."

"서진구 부사장이… 진범을 알고 있습니까?!'

이건 성진도 예상하지 못한 일이다.

서진구가 어떻게 이번 사건이 지니고 있는 진실의 내막을 파악하고 있단 말인가!

남우진 또한 절로 미간을 찡그리며 말을 이어간다.

"사건의 내막을 알고 있는 시점부터 내가 소집에 응하나 불응하나의 차이는 이미 없어진 셈이다. 아니, 오히려 내가 그 회의에 참가하지 않게 된다면, 그나마 가지고 있는 변론의 기회조차 날아가는 셈이지."

"……."

"어쩔 수 없는 결정이었다."

서진구가 진실을 알고 있다면 이야기가 달라진다.

어떻게 해서든 소집 명령에 응해야 한다!

남우진과 장진석, 두 사람이 자리를 비운 상황에서 서진구가 무슨 말을 더 꾸며낼지 모르기 때문이다.

그런 일을 방지하기 위해서라도 최대한 어떻게든 자기 변론이라도 해야 한다.

"일이 완전히 꼬이는군……."

부글부글 끓는 속을 애써 진정시키는 와중에, 드디어 이번 사건의 핵심적인 인물이 남우진의 사무실 안으로 들어선다.

"찾으셨습니까, 부사장님."

침통한 표정을 지어 보이는 장진석 전무였다.

\*       \*       \*

하나둘씩 모이기 시작하는 간부진.

대회의실 안에는 이미 대다수의 청진그룹 간부들이 자리를 잡고 있었다.

소집 예정 시간까지는 대략 10분 정도가 남은 상황.

대회의실 문이 열리며 전혀 의외의 인물이 모습을 드러낸다.

"회, 회장님!"

간부들의 입에서 작은 탄식이 새어 나온다.

한경배 회장이 직접 대회의실에 모습을 드러낸 탓이다.

휠체어에 탑승한 채 간부들 앞에 등장한 그를 보며 모두가 자리에서 일어선다.

한경배 회장이 탄 휠체어를 끌고 대회의실 안으로 들어선 예지 또한 간부진들에게 살짝 고개를 숙이는 것으로 인사를 대신한다.

"오셨습니까, 회장님."

서진구가 대표로 한경배 회장을 맞이한다.

무겁게 고개를 끄덕인 그가 소집된 간부들을 둘러보며 묻는다.

"남우진과 장진석은 어디 있지?"

"곧 올 겁니다."

"그렇군."

한경배 회장이 이 자리에 온 것은 다름이 아니다.

바로 그의 원수이기도 한 강오선과 내통한 자가 이 자리에서 밝혀질 예정이기 때문이었다.

한경배 회장도 이미 서진구로부터 대략 모든 정황을 듣게 되었다.

장진석과 강오선.

이 두 사람의 관계에 대한 진실과 더불어 장 전무가 진범이라는 걸 밝혀낸 자가 누구인지까지 서진구에게 직접 보고를 받았다.

이 자리에는 비록 없지만, 총괄기획부 부장을 맡은 채 사내 정치 싸움의 최전선에서 맹활약하고 있는 민철이었다.

"나중에 그 녀석에게 상이라도 줘야겠군."

"허허, 조만간 저랑 같이 한번 따로 자리를 만들죠."

서진구가 다른 이들에겐 들리지 않을 만큼 작은 목소리를 유지하며 한경배 회장과 몰래 담화를 나눈다.

한편.

오후 4시가 거의 다 되어갈 무렵, 드디어 모습을 드러낸 남우진과 장진석 전무.

"…회장님 오셨습니까."

"오랜만이군."

반사적으로 한경배 회장을 보자마자 인사를 건네는 남우진이었으나, 속으로는 죽을 맛이었다.

작전 회의를 할 시간조차 없었다.

말 그대로 타임 어택!

변론의 여지를 주지 않으려는 듯이 곧장 사내 모든 간부들을 소집한 서진구와 한경배 회장의 농간에 남우진은 그대로 넘어가 버렸다.

'…여우 같은 녀석들이군.'

속으로 욕지거리를 내뱉어보지만, 이것도 어쩔 수가 없다.

애초에 범실을 저지른 건 장진석이다.

남우진이 제대로 자신의 부하를 컨트롤하지 못한 게 화근이 된 셈이다.

"그럼 회의를 시작하지."

한경배 회장의 말에 서진구가 자리에서 일어나 고개를 끄덕인다.

"여러분들을 이 자리에 모이게 한 건 다름이 아니라……."

서진구의 말이 채 끝나기 전에, 대회의실 안에 또 다른 한 사람이 모습을 드러낸다.

회장 세력의 젊은 피이자 이번 사건의 주역이기도 한 이민철이었다.

조용히 입장한 뒤 컴퓨터가 놓인 자리로 향한 민철이 프레

젠테이션을 위해 빔 프로젝트를 세팅하기 시작한다.

그 와중에 서진구의 말이 계속해서 이어진다.

"얼마 전, 내통자란 혐의를 받고 회사에서 퇴사한 황고수 부장을 기억하고 있습니까."

"예… 뭐……."

"기억합니다."

여기저기서 고개를 끄덕이며 서진구의 말에 대답해 준다.

황고수 부장.

유능한 사람이긴 했으나, 억울한 사건에 휘말려 거의 떠밀리다시피 퇴사를 당했다.

"그 친구의 억울함을 풀어주고자, 이 자리에서 여러분들에게 강오선과 내통한 극악무도한 녀석을 공개하고자 합니다."

"……?!"

이건 또 무슨 소리란 말인가!

간부들의 표정이 순식간에 변하기 시작한다.

진범이라니.

"황고수 부장이 아니었어?!"

"그, 그럴 리가……."

여기저기서 동요의 목소리가 들려오지만, 그것조차 서진구를 막을 순 없었다.

"이민철 부장."

"예."

"파일 재생시키게."

"알겠습니다."

서진구의 말에 따라 컴퓨터 본체와 연결시켜 둔 이동식 디스크를 실행시킨 뒤 어느 한 영상 파일을 더블클릭한다.

화면에 동영상 파일이 뜨지만, 따로 영상은 제공되지 않은 채 그저 음성만 흘러나온다.

그러나 그 음성 내용만으로도 충분했다.

—…이 일은 무덤까지 가지고 가야 하네. 자네와 내가 비밀리에 협력했다는 사실이 외부에 공표되는 순간… 나뿐만이 아니라 자네 정치 인생도 끝이야. 알겠나?

—…알겠습니다.

"이 목소리는……."

한 명은 강오선의 목소리가 틀림이 없다.

한때 한경배 회장과 한예지의 혈육 관계에 대한 진실을 요구할 때, 언론에서 매번 지겹도록 들었던 목소리였기에 간부들은 음성 파일을 듣자마자 강오선의 목소리를 금세 구분할 수 있었다.

그렇다면 다른 한 명은?

─일이 잘되면 자네에게 내 특별히 여러 가지 챙겨줄 터이니 이번에 한번 잘해보세.

─여부가 있겠습니까, 장진석 전무님. 저만 믿어주시기 바랍니다.


"장진석……?!"

"마, 말도 안 돼!!"

간부들의 동요가 눈에 확연히 들어올 정도로 커진다.

반면.

"……"

녹취록의 당사자이기도 한 장 전무는 그저 고개를 푹 숙인 채 두 주먹을 쥐고 부들부들 떨고 있을 수밖에 없었다.

강오선의 말대로였다!

'그 개새끼가… 이런 수작을 부릴 줄이야!!!'

속으로 강오선에 대한 분노를 금치 못하는 장 전무였으나, 회의실 내부의 분위기는 싸늘하기 그지없었다.

"장진석."

한경배 회장의 목소리가 유독 무겁게 들려온다.

"…예, 회장님."

"이게 어찌 된 일인지 설명 좀 해보게."

지금 당장에라도 장 전무를 나락까지 떨어뜨리고 싶다는

욕구를 가득 담은 한경배 회장의 시선이 더더욱 장진석을 압박한다.

한경배 회장은 그에게 핑계라도 둘러댈 시간 정도는 주려고 했다.

하지만.

"…죄송합니다, 회장님."

더 이상 무슨 할 말이 있겠는가.

사리사욕에 눈이 멀어, 어떻게든 한경배 회장과 한예지를 청진그룹에서 내쫓고 남우진을 차기 회장으로 올린 뒤에 자신에게 떨어지는 콩고물을 기대하며 이런 계획을 세웠다는 건 굳이 누가 대신 말해주지 않아도 충분히 알 만한 이유다.

장진석은 남우진의 오른팔이기도 하다.

누가 봐도 남우진을 위해 이런 일을 벌였다는 걸 쉽사리 알 수 있을 것이다.

"남우진."

이번에는 타깃을 남우진으로 바꾼 한경배 회장.

"예, 회장님."

"자네가 이번 일을 주도했나?"

분기점의 기로에 서게 된 남우진.

진실로 따지자면, 이번 일은 장진석 전무가 독단적으로 저지른 일이 맞다.

　물론 그에 대한 여부에 관해선 이미 한경배 회장뿐만이 아니라 서진구 역시 마찬가지로 알고 있었다.

　답은 알고 있으나, 굳이 이런 질문을 한 이유는 다름이 아니다.

　이번 사건을 남우진과 연결시켜, 조금이라도 남우진 세력을 약화시키고자 하려는 목적이 크기 때문이다.

　강오선과 내통한 자는 바로 남우진의 오른팔 격인 장진석 전무다.

　상식적으로 생각한다면, 두 사람이 전혀 연관이 없다고 생각하긴 힘들다.

　남우진이 장진석에게 강오선과 내통해 이번 일을 추진하라고 명령을 내렸을 수도 있다.

　그 의심을 다른 간부진들에게 심어주는 것만으로도 한경배 회장의 이 질문은 의미가 있다.

　한편.

　"……."

　남우진이 해야 할 일은 명확하게 정해져 있다.

　자기 방어!

　어떻게 해서든 자신의 이미지를 실추시키지 않는 쪽으로 해결을 봐야 한다.

그러기 위해선.

"전 이번 일과 아무런 연관이 없습니다."

"……!!"

장진석 전무가 순간 크게 움찔한다.

물론 거짓은 아니다.

하나.

알고 있다 하더라도 자신의 상관이 이렇게 일말의 고민도 없이 매몰차게 부하를 버리는 건 겪어보지 못한 자는 결코 공감할 수 없는 절망감을 느끼게 해준다.

여기서 장진석을 그나마 구원해 줄 수 있는 인물은 바로 남우진밖에 없다.

그러나 남우진은 장진석을 구원해 주는 걸 스스로 거부했다.

이미 회의가 시작되기 전에 장진석을 따로 불러 이와 같은 의사를 표현했기 때문이다.

장진석의 심정은 말 그대로 참담했다.

이제 와서 남우진에게 살려달라고 애원할 수도 없다.

남우진을 돕기 위해 독단적으로 저지른 일이었으나, 이 결정이 도리어 남우진 세력의 목을 조여오기 시작한 것이다.

"장진석. 자네가 이번 일을 독단적으로 계획했나?"

"…예, 그렇습니다."

남우진과 서로 말을 맞춘 그대로 진실을 토로한다.

그러나 장 전무의 입장에선 정말 불행하게도 한경배 회장과 서진구, 두 사람은 이번 일을 결코 쉽게 놔주지 않으려는 생각을 품고 있었다.

어떻게든 이번 기회에 실추된 회장 세력의 이미지를 회복시켜야 한다.

그와 동시에 남우진 세력의 힘을 약화시켜 다시 한경배 회장의 독점 체제를 꾸려가야 한다.

"내 생각에는 남우진이 자네에게 사주를 해 이번 일을 도모한 거 같은데. 안 그런가?"

한경배 회장의 공격성 짙은 발언에 장 전무의 얼굴이 사색이 되어간다.

"전혀 그렇지 않습니다! 이번 일은 저 혼자서……."

"흔히 있는 일이지. 어차피 모든 계획이 들통난 시점부터 패배는 확정된 거야. 그렇다면 누군가를 지정해 그 사람에게 모든 책임을 전가해 버리는 거지. 그렇게 되면 다른 사람들은 사니까. 일반적인 수법 아닌가?"

"……."

"과연 남우진이 이번 일에 전혀 관여하지 않았을까? 난 그게 의심이 된단 말이지."

순간 남우진의 시선이 한경배 회장에게 고정된다.

'…제대로 작정했군.'

회의는 남우진이 예상했던 최악의 시나리오로 흘러가고 있었다.

그가 가장 두려워하는 일이 바로 이것이었다.

남우진이 장진석 전무에게 이 일을 주도하게끔 시켰다!

충분히 있을 법한 일이다.

진실은 아니지만, 구태여 그 말을 계속적으로 언급하는 것만으로도 다른 간부들에게 남우진 또한 이 사건에 관여했다는 의구심을 계속적으로 주입시킬 수 있다.

이것이 바로 말의 힘이다.

생각하는 걸 말로 표현함으로써 다른 사람들의 생각에도 영향을 미칠 수 있다.

한경배 회장은 그걸 이용하고 있었다.

'저 사람도 보통내기는 아니군.'

컴퓨터가 위치한 자리에 선 채 한경배 회장의 심리전을 지켜보던 민철이 속으로 순수하게 그의 화술을 칭찬한다.

간부들이 한 번쯤은 의심하고 있었을 '남우진과 장진석의 관계'에 대해서 직접 말로 언급함으로써 그 의심의 수치를 높여 버린 것이다.

민철이 만약 한경배 회장과 같은 입장과 포지션에 놓여 있다 하더라도 그와 같은 행동을 했을 것이다.

회의에서는 계속해서 한경배 회장의 공격이 이어졌다.

남우진이 할 수 있는 일은 그저 어떻게든 다른 간부들이 의심을 하지 않게 자기 변론에 모든 심혈을 기울이는 일뿐이었다.

"한경배 회장님께 다시 한 번 말씀드리지만, 전 이번 일에 전혀 관여하지 않았습니다. 모든 것은 장진석 전무가 독단적으로 저지른 일입니다."

"마, 맞습니다, 회장님!! 제가… 어리석은 판단으로 제가 저지른 실수입니다!"

두 사람의 말을 가만히 듣고 있던 한경배 회장의 얼굴에 이죽거림이 새겨진다.

"말이라면 누구나 할 수 있지. 하지만 그 말에 신빙성을 더해 신뢰감을 심어주는 건 아무나 못 하는 일이야."

"……"

"……"

"자네 두 사람의 말은 나에게 신뢰감을 주지 못하고 있네. 참으로 안타까운 일이지."

한경배 회장의 두 눈에 강한 살기가 어린다.

그 모습을 지켜보던 서진구도, 남우진도, 다른 간부진들도.

그리고 이민철 또한 어렴풋이 눈치를 채고 있었다.

한경배 회장.

그는 오늘······.

작정하고 이 회의에 참가한 것이다.

제3장

후폭풍

한경배 회장의 눈이 장진석과 남우진을 끝까지 응시한다.

오늘 한번 끝까지 가보자!

그의 결연한 의지가 느껴지는 시선이었다.

"내가 충분히 납득할 만한 증거 같은 게 있나?"

"……."

남우진이 이번 일을 지시하지 않았다.

그런 증거가 어디 있겠는가.

수백 번의 말을 중얼거리는 것보다 차라리 확실한 증거 하나를 보여주는 것이 더 설득력 있는 표현 방법이 될 것이다.

그러나 증거 같은 게 있을 리가 없다.

차라리 작당 모임을 했다는 증거를 들이밀기가 더 쉬울 것이다.

안 했다는 사실을 어떻게 증거로 형태화시킬 수 있단 말인가.

한경배 회장답지 않은 막무가내식 플레이다.

여태 남우진이 보아왔던 한경배 회장과는 뭔가 사뭇 다른 이미지였다.

본래 한경배 회장은 누구보다도 이론적이고 계산적인 사람이었다.

하나 지금은 뭔가 느낌이 다르다.

감정적이고 격하다.

노골적으로 남우진에게 어떻게 해서든 혐의를 덮어씌우려고 하는 듯한 의지가 보일 정도였다.

이것은 그의 고집이다.

'저 노인네가……'

순간 남우진이 자신도 모르게 아랫입술을 잘근 깨문다.

공격 권한은 어디까지나 한경배 회장에게 있다.

그는 오로지 최대한 자신의 영토가 침범되지 않게 하기 위해 수비적인 플레이를 이어갈 수밖에 없다.

그 순간.

"회장님! 이번 일은 제가 정신이 나가서 혼자 저지른 일입니다! 남우진 부사장은 아무런 잘못도……."

"닥치거라!!!"

"……!!"

한경배 회장의 목소리가 회의실에 쩌렁쩌렁 울려퍼진다!

회의에 참가하고 있던 간부들도, 남우진 부사장도, 심지어 한경배 회장을 그간 오랫동안 보필해 온 서진구도 처음 보는 모습이었다.

감정을 앞세우는 한경배 회장이라니.

물론 이번 일이 그에게 있어서 상당히 충격적인 일이었다는 건 굳이 말로 하지 않아도 충분히 알 수 있는 사실이다.

하지만 어떠한 위기가 닥쳐오더라도 냉철한 시선과 마인드로 그 상황을 극복해 온 한경배 회장이다.

그런 그가 감정적인 표현을 내세웠다.

그것도 다른 이들이 모두 보고 있는 회의 시간에.

"……."

"……."

회의실 안이 침묵으로 메꿔진다.

한경배 회장이 이렇게까지 격하게 자신의 감정을 토하는 건 간부진들도 처음 보는 일이었기에 놀란 속을 진정시킨다.

그저 장진석 전무가 너무 괘씸한 탓에 일시적으로 감정을 폭발시켰으리라.

그렇게 생각한 간부진들이었으나, 이들의 생각을 무용지물로 만들려는 듯이 한경배 회장의 목소리가 더더욱 격해진다.

"네 녀석 때문에 피해를 입은 사람이 몇이라고 생각하느냐!! 자신의 이득을 취하기 위해 타인을 무자비하게 밟고 올라서려는 그 간사한 계략이 우리 회사에 얼마나 큰 손실을 입혔는지 알고 있나!!"

"죄… 죄송합니다, 회자……."

"듣기 싫다!! 회장님이란 단어조차 그 더러운 입에 올리지 말라. 누가 네 녀석 따위에게 회장님이라고 듣고 싶어 하겠느냐!!"

"……."

"다 필요 없다, 장진석! 네놈은 무조건 파멸이다. 내 무슨 수를 쓰더라도 네 녀석을 바닥 끝까지 떨어뜨리겠다. 잘 기억해 둬라!!"

"……."

점점 더 격해지는 한경배 회장의 말이 여타 다른 간부진들의 귀를 사정없이 찔러온다.

협박과 공포.

그리고 두려움.

그 모든 감정이 장진석의 발목을 붙잡으면서 동시에 서서히 그의 온몸을 조여오기 시작한다.

이토록 화를 내는 한경배 회장을 본 적이 없다.

그와 동시에 모든 경영인들에게 존경받는 남자, 한경배 회장의 평소 모습답지 않은 언질을 들어놓는다.

결국 회의의 진행을 위해서라도 서진구가 그를 진정시켜 준다.

"회장님. 우선 마음을 편히 가라앉히시기 바랍니다. 지금 중요한 건 장진석 전무의 문책이 아니라 사건의 진실을 밝혀 내는 일 아니겠습니까."

"……."

서진구의 말대로다.

겨우 마음을 진정시킨 한경배 회장.

뒤이어 서진구가 다시 한 번 간부 회의를 진행하기 위해 목소리를 높인다.

*    *    *

총괄기획부 사무실 안으로 돌아온 민철이 살짝 문을 열며 모습을 드러낸다.

그의 등장을 이제나저제나 기다리고 있었다는 듯이 우르

르 몰려오는 사원들.

"민철아, 회의 어떻게 되었냐?!"

조 실장이 궁금증을 이기지 못하고 총괄기획부를 대신해 묻는다.

오늘 갑작스럽게 벌어진 간부 회의.

그러나 사내로 퍼진 소문은 상당히 빨랐다.

긴급회의를 하게 된 이유, 그리고 목적까지.

강오선 사건에 가담했던 진범을 밝히기 위해 이런 소집이 결정되었다는 소문이 벌써부터 청진그룹 내부에 쫘악 퍼지게 되었다.

물론 조 실장을 비롯해 서기남, 그리고 태희는 민철에게 직접 이러한 사실을 들어서 잘 알고 있었다.

진범이 누구인가?

초미의 관심사라 할 수 있는 주제를 놓고 천천히 민철이 입을 열기 시작한다.

"장진석 전무였습니다."

"뭐어……?!"

너무 놀란 나머지 조 실장이 입을 떡하니 벌리고 만다.

장진석 전무는 남우진의 오른팔로 잘 알려져 있는 인물이다.

그 말인즉슨.

"남우진 부사장님이… 직접 강오선 사건을 주도했단 말입니까?"

눈치 빠른 서 주임이 질문을 해온다.

역시 감사팀 출신이다 보니 이런 방면으로는 두뇌 회전이 상당히 빠르게 돌아가는 걸 체감할 수 있었다.

"그건 아직 의심 단계에 불과해."

"그치만… 장 전무가 독단적으로 이번 일을 행했다고 보기엔 남우진이라는 거물급이 연관되어 있지 않습니까? 무엇보다도 '명분' 이라는 게 있으니 말입니다."

명분.

아주 좋은 단어다.

남우진에게는 분명 명분이 있다.

평소에도 한경배 회장과 서진구, 두 사람과 대치되는 세력 구도를 펼쳐 온 대표적인 인물이 바로 남우진이다.

한경배 회장이 전선에서 물러나게 되면, 가장 많은 이득을 보게 되는 것 또한 남우진이라 할 수 있다.

그에게는 한경배 회장을 저격할 충분한 이유가 있다!

그 이유 덕분에 남우진의 입장이 매우 곤란해진 것이다.

분명 장진석 전무가 독단적으로 저지른 일이 맞다.

민철은 이미 당사자이기도 한 강오선에게 직접 들어 잘 알고 있다.

하나 진실이라 함은, 반드시 모든 사람들에게 알려줘야만 이득을 보는 건 아니다.

때로는 은폐 또한 필요하다.

알려지지 않은 진실.

사건의 은폐.

민철이 일부러 모든 사건의 진실을 언급하지 않았기에 남우진이 이번 일과 연관이 되어 있는 것 아니냐는 의구심을 사게 되었다.

그 의심만으로도 충분하다.

의심이라는 건 남우진의 이미지를 점점 더 나락으로 떨어뜨릴 것이다.

황고수 부장의 경우와 마찬가지로 말이다.

"일단 상황은 좀 두고 봐야 알 거 같습니다."

"두고 봐야 하다니… 그게 무슨 말인가요?"

민철의 말에 궁금증을 표하는 태희.

비록 계약직이기는 하나, 그녀 또한 청진그룹에서 급여를 받고 일하는 직원이기에 사내 정치 싸움에 관심을 안 가지려야 안 가질 수가 없었다.

그리고 아직 세간에 드러나지 않은 강오선 사건의 진실이 드러나는 거 아닌가.

대한민국을 들썩이게 만들었던 강오선 사건.

그 진실의 내막을 알고 싶어 하는 건 강오선 사건을 유심히 접했던 사람이라면 당연히 가질 만한 호기심이 아닐까 싶다.

"한경배 회장님은 회의 한 번으로 이번 일을 마무리 지을 생각이 없으신 거 같습니다."

"그게 무슨……."

"아마도 주기적으로 계속해서 남우진 부사장을 괴롭히겠지요."

"……."

장진석 전무의 타락은 이미 결정 난 기정사실이다.

하지만.

아직 남우진이 남았다.

한경배 회장은 어떻게 해서든 자신이 지니고 있는 모든 기력을 쏟아부어 남우진과 같이 나락으로 떨어질 생각을 하고 있을 것이다.

한경배 회장과 남우진 부사장.

두 사람이 지속적으로 충돌하게 된다면, 서로가 지쳐 쓰러질 수 있다.

그게 한경배 회장이 노리는 점이다.

서로 물고 뜯고.

남우진 부사장의 힘을 빼놓는 역할만으로도 한경배 회장은 스스로 만족한다.

왜냐하면.

지쳐 쓰러진다 하더라도 자신의 뒤를 이을 후계자에게 회사를 맡기면 되기 때문이다.

그러기 위해서라도 남우진이라는 최대 적수를 자신의 손에서 끝내야 한다.

그것이 한경배 회장이 노리는 진짜 목적이다.


\*         \*         \*


간부 회의가 시작되기 30분 전.

청진그룹 건물 빌딩 내부에 모습을 드러낸 한경배 회장이 서진구와 민철을 호출한다.

한창 회의 준비로 바쁜 두 사람이었지만, 긴히 할 말이 있다는 그의 의사에 따라 바쁜 와중에도 한경배 회장의 앞에 모습을 드러내게 된다.

이윽고 그가 들려준 말은 청진그룹의 미래를 결정짓는 중요한 단서를 내포하고 있었다.

"난 이번 내통자 사건을 이용해 남우진을 끝까지 물고 늘어질 걸세."

"……."

그의 말에 서진구와 민철이 순간 할 말을 잃는다.

남우진과의 전면전을 선포한 셈과 마찬가지였기 때문이다.

"하지만 회장님. 한창 건강을 우선으로 생각하셔야 할 시기에 그런 결정은 좀……."

한경배 회장의 건강 상태가 걱정되어 그를 만류해 보려는 서진구였으나, 한경배 회장은 그저 고개를 가로저을 뿐이었다.

"내가 자네들에게 해줄 수 있는 마지막 일이 될지도 모르네."

"회장님……."

"사랑하는 내 아우야. 내가 회사를 떠나거든, 저번에 부탁했던 대로 해줄 수 있겠느냐."

"……."

서진구는 분명 회사 일에서 손을 떼고 유유자적한 인생을 보내기로 결정했다.

그렇다고 청진그룹에 애정이 없는 것도 아니다.

한경배 회장과 삼시 세끼 제대로 해결조차 못 하면서 오로지 젊은 날의 열정과 꿈으로 이 회사를 키워왔다.

그런 청진그룹이 남우진의 손에 넘어가 돈만 밝히는 자본주의의 괴물로 탈바꿈하는 걸 두고 볼 수도 없는 노릇이다.

"…알겠습니다."

서진구 또한 결의를 담아 고개를 끄덕인다.

한경배 회장은 이제 슬슬 물러날 준비를 하고 있다.

지금도 늦지 않았다.

정식으로 은퇴를 선언하며 깔끔하게, 그리고 깨끗한 이미지로 회장 자리를 내려놓고 물러날 수 있는 상황이다.

하지만 그는 해피엔딩보다 배드엔딩을 택했다.

더럽고 치사하더라도 최대한 남우진을 끝까지 물고 늘어지길 선택한 것이다.

그는 지금까지 특정인을 지정하고 그를 향해 집중적으로 공격을 퍼부은 적은 단 한 번도 없다.

그의 경영 인생 역사상, 아마도 이번 일은 가장 추악한 한경배 회장의 모습으로 기록될지도 모른다.

하나 그래도 좋다.

회사의 미래를 위해서…….

자기 자신의 뒤를 이어받을 꿈나무를 위해서라면, 한경배 회장은 언제든지 스스로를 희생할 준비가 되어 있다.

경제 분야에 종사하는 모든 이들의 존경을 한 몸에 받는 한경배 회장.

그러나 이번만큼은…….

대인배라 불리던 그의 모습과는 다른 행동을 할 것이다.

"나는 남우진, 그 녀석과 함께 지옥으로 떨어질 게야."

"……."

"……."

한경배 회장의 숭고한 희생.

하나 스스로 이런 희생을 자처하는 데에도 분명 목적은 있을 것이다.

서진구에게 고정되어 있던 시선을 천천히 민철에게로 돌리는 한경배 회장의 모습에 민철 또한 마주 그를 응시한다.

"이민철 부장."

"예, 회장님."

중요한 순간이다.

민철은 본능적으로 한경배 회장이 자신에게 무슨 말을 할지 감을 잡고 있었다.

"진구 녀석과 함께 우리 회사의 미래를 위해 노력해 주게. 황고수도, 그리고 예지도 이제 더 이상 회사에 남아 있지 않아. 내가 믿을 건 자네밖에 없네."

"결코 회장님을 실망시켜 드리지 않겠습니다."

민철의 입가에 의미심장한 미소가 번진다.

*         *         *

간부들 간의 회의가 불러온 후폭풍은 실로 어마어마했다.

장진석 전무.

그리고 그의 상관이기도 한 남우진 부사장.

이 두 사람이 입은 이미지 실추는 앞으로 과연 이미지를 원상태로 복구시킬 수 있을지에 대해 의구심이 들 만큼 심대했다.

"…대략 이 정도입니다."

카페 안에서 노트북을 통해 이번 사건에 대한 정보를 제공해 주던 민철이 짧게 말을 끊는다.

그의 정보를 처음부터 끝까지 전부 하나도 빠짐없이 기록한 최서인 기자가 고개를 끄덕인다.

"감사합니다. 생각보다 정보의 양도 그렇고, 꽤나 자세하게 되어 있어서 놀랐습니다."

"이번 일에 대해서 나름 계속적으로 파고들며 조사를 한 탓에 그런 거 같습니다."

"하하하, 그렇군요. 여하튼 정말 수고 많으셨습니다. 서진구 부사장님을 도와서 이번 진범을 밝혀내느라 고생 좀 많으셨다고 여기저기서 들었습니다."

"네… 그간 좀 피곤한 일정을 보내긴 했지요."

외부적으로는 서진구 부사장이 이번 진범을 밝혀낸 것으로 되어 있다.

민철은 그의 밑에서 그저 보조만 해준 역할로 알려져 있지만, 사실 강오선과 장진석 전무의 내통 관계를 밝혀낸 건 누가 뭐라 해도 이민철이라 할 수 있다.

민철의 공로를 알고 있는 건 서진구와 한경배 회장, 단 두 명뿐이다.

민철이 사전에 서진구에게 찾아가 약속한 그대로 외부에는 민철이 직접 이 모든 진실을 알아냈다는 걸 철저하게 은폐했다.

강오선만 입을 다문다면, 아마 이민철이란 이름이 사람들의 화두에 오르락내리락하는 일은 없을 것이다.

'강오선… 그자의 입을 단속해야겠군.'

이번에 남우진 부사장 세력을 향한 공격 시기를 앞당긴 것도 전부 다 강오선의 전화 한 통에서 발생하게 된 일이기도 하다.

괜히 그가 장진석에게 전화를 걸어 성진의 귀에까지 이번 사건에 관한 증거가 들어가게 되었다.

'조만간 교육 좀 단단히 시켜둬야겠어.'

나중에 민철의 밑에서 수족처럼 부려지게 될 인물 중 한 명이다.

이른 시기부터 민철의 입맛에 맞게 교육시키는 것도 나쁘지 않을 것이다.

"정보는 대략 이 정도로 충분한 거 같으니, 저도 이제 그만 회사로 들어가서 슬슬 자료 정리하고 기사 뿌릴 준비를 하도록 하겠습니다."

최 기자가 자신의 노트북과 수첩을 챙기며 자리에서 일어선다.

민철 또한 그를 따라 일어서며 선뜻 먼저 악수를 건넨다.

"앞으로 잘 부탁드리겠습니다."

"하하, 여부가 있겠습니까. 저야말로 오히려 이런 특종을 제공해 주셔서 감사할 따름입니다. 청진그룹은 개인적으로 제가 좋아하는 회사이긴 하지만, 그래도 이런 사건 같은 건 다시 발생하지 않도록 뿌리를 뽑아두는 게 좋겠지요."

"한경배 회장님도 그럴 생각으로 남우진 부사장을 끊임없이 추궁할 계획이라고 말씀하셨습니다."

"남우진 부사장의 얼굴은 안 봐도 충분히 예상이 되는군요."

"그러게 말입니다."

다른 누구도 아닌 한경배 회장, 본인이 직접 남우진을 노리고 서로 물고 뜯고 하는 싸움을 벌일 것이다.

어찌 되었든 공격 권한을 지니고 있는 건 한경배 회장이고, 수세에 몰린 건 남우진이다.

이미 사내 여론은 남우진의 편이 아니다.

그에게서 일찌감치 등을 돌린 사람들이 한둘이 아니기 때문이다.

실제로 남우진 세력에 속해 있던 간부진들 중에서도 몇몇이 남우진과의 결별을 선언하는 일도 심심치 않게 발생하기 시작했다.

세력의 중심이 될 사람들이 그의 곁을 떠나는 일들이 벌어지게 된 것이다.

남우진으로선 가장 피하고 싶은 시나리오이긴 했으나, 지금 그의 입장에서 떠나는 이들을 붙잡을 만한 힘도, 그리고 입장도 되지 않는다.

지금 남우진의 편을 들어준다면, 한경배 회장에게 직접 찍히는 일이 될 수도 있기 때문이다.

진흙탕 싸움에는 관여하고 싶지 않다.

사람은 늘상 깨끗한 자신의 이미지를 목표로 행동하게 마련이다.

특히나 돈 좀 가지고 있고 상류층 생활 좀 해본 사람일수록 더더욱 깔끔한 생활을 하고 싶어 한다.

더러움에 물들고 싶지 않다.

그것이 그들의 본능이다.

"여러모로 고생이 많겠군요."

최 기자의 말은 특정 누군가를 지목해서 한 위로의 말이 아니었다.

대명사가 한경배 회장이 될 수도 있고, 남우진 부사장이 될 수도 있다.

"아무쪼록 이번 일을 계기로 청진그룹이 더더욱 합심해 발전할 수 있는 계기가 되기를 기원해 봅니다. 위기는 곧 기회라고 하지 않습니까?"

"예, 명심하도록 하겠습니다."

민철도 이제는 청진그룹에서 꽤나 중요한 포지션을 차지하게 된 인물로 거듭나게 되었다.

간부진 단계에 오른 건 아니지만, 사원 중에선 가장 높은 직위이기도 한 부장급 자리까지 올랐다.

이제 민철의 남은 목표는 오로지 단 하나다.

최정상.

한경배 회장의 두터운 신임을 바탕으로 자신만의 독립적인 세력을 만들어 청진그룹을 접수한다.

그것이 바로 민철의 최종 목표이기도 하다.

그렇게 하기 위해서라도 우선은 외부에 있는 민철의 세력을 좀 더 키워야 한다.

그 중심이 될 곳이 바로 머메이드.

조만간 '상오그룹'이라는 명칭 아래에 수많은 외식업 브랜드가 창출될 예정이다.

상오그룹을 키우게 되면 내부적으로도, 그리고 외부적으

로도 민철의 강력한 세력이 구축될 수 있다.

사내 권력 싸움에 치중하는 것보다 자신만의 독자적인 세력을 구축한다.

그러기 위해서는 우선 상오그룹 측에 절대적으로 필요한 요소들을 채워 넣어야 한다.

기업을 살리기 위해 절대적으로 필요한 건 돈이 아니다.

바로 사람!

빼어난 재목들을 얻기 위해 오늘부터 민철은 바쁜 스케줄을 소화해 내야 한다.


*　　　*　　　*


장진석 전무가 강오선과 내통한 진범이란 사실이 각종 뉴스와 언론 매체들, 그리고 온라인상의 기사로 퍼져 나간다.

워낙 사회적인 파장이 컸던 강오선 사건이었기에 대중들은 다시 한 번 그때의 기억을 떠올리며 뉴스를 접하기 시작한다.

물론 강오선 사건과 특별한 연관이 있는 황고수 부장 역시 마찬가지였다.

"장진석 전무가……."

컴퓨터를 통해 방금 기사를 확인한 황고수의 목소리가 미묘하게 떨린다.

귀에 가까이 붙이고 있는 스마트폰에서 익숙한 음성이 그를 대신해 말을 잇는다.

ㅡ내부 회의를 통해서 확실하게 드러난 진실입니다.

"…그랬구만."

황고수의 전(前) 부하 직원이자 현재는 그를 대신해 총괄기획부를 이끌고 있는 민철이 여태까지 벌어졌던 일들에 대해 상세히 그에게 들려주기 시작한다.

황고수 부장은 들을 만한 권리가 있다.

그렇게 생각했기에 민철이 직접 회의 내용까지 포함해 최서인 기자에게도 차마 말하지 못한 것들까지 들려준다.

물론 민철이 강오선에게서 장진석 전무가 진범이었다는 걸 알아낸 일화에 대해선 끝까지 비밀을 유지할 수밖에 없었다.

"네가 고생이 많았겠구나."

ㅡ전 그저 서진구 부사장님이 시키는 것만 했을 뿐입니다.

"시키는 걸 그대로 수행하는 것만으로도 사원으로선 정말 뛰어난 능력이라고 생각한다. 넌 그런 면에서 보자면 단연 톱이야. 남성진보다도 우수한 능력을 자랑하고 있지. 내가 보증하마."

ㅡ감사합니다, 황 부장님.

"그래, 조만간 같이 만나서 식사라도 한번 하자꾸나."

─예, 알겠습니다.

수화기를 내려놓은 뒤 다시 한 번 모니터를 응시한다.

솔직히 말해서 황고수의 마음은 복잡할 수밖에 없었다.

어떻게 본다면 자신을 꼬리표처럼 따라다니던 오명이 이제야 씻겨 내려가게 된 셈이다.

그러나 한편으로는 정말 내통자가 있었다는 사실에 씁쓸함을 감출 수가 없었다.

'나도 아직은 물렁한 사람인가 보군.'

정이라는 것 때문일까.

비록 자신이 억울한 일을 당했지만, 스스로의 희생으로 더이상 청진그룹 내부가 시끄러워지지 않았으면 하는 바람도 있었다.

그러나 사건은 아직 해결되지 않은 채 오히려 더 정도가 심한 파장을 낳게 되었다.

남우진의 오른팔이기도 한 장진석 전무는 소위 말해서 거물급이다.

그런 그가 직접 강오선과 내통했다니…….

게다가 외부인의 입장에서 보자면 남우진과 강오선 사건의 연관성도 고려하지 않을 수가 없다.

'부디 잘 해결되었으면 좋겠군.'

자신의 누명이 벗겨졌다는 희열과 동시에 전(前) 직장이 곤욕을 치르고 있다는 것에서 오는 안타까움이 서로 섞여 소용돌이친다.

마음을 진정시키기 위해 사무실을 나서 휴게실을 찾는 황고수.

그 순간.

"부장님, 어디 가시나요?"

"잠깐 휴게실에 좀 다녀올까 합니다."

"아, 그럼 저희랑 같이 가시죠! 제가 커피 쏘겠습니다!"

같은 사무실에서 일하고 있는 정찬서 실장이 환하게 웃으며 황고수에게 다가온다.

영업부 사원들이 먼저 황고수에게 다가온 것은 사실 이번이 거의 처음이라고 할 수 있다.

청진그룹에서 받은 누명이 여기까지 영향을 미쳐 다른 사원들과 미묘한 벽을 치고 있던 것이 황고수 부장이 겪어오던 상황이었다.

그래서 자신의 부하 직원들과도 쉽사리 말을 놓지 못하고 있었다.

그러나 황고수 부장이 그저 억울한 누명을 받고 퇴사당한 인물이란 사실이 상오그룹 전반에도 널리 퍼지면서 알게 모르게 동정심을 얻게 되었다.

황고수 입장에선 사실 기뻐해야 좋을지, 아니면 슬퍼해야 좋을지 판단하기 애매한 상황이기도 하다.

그렇다 하더라도.

"자자, 가시죠!"

정찬서 실장과 몇몇 남자 사원들이 황고수와 함께 휴게실로 향한다.

역시 혼자보다는 다수와 함께하는 게 더 좋다.

어차피 회사라고 하는 건 일종의 조직 아니겠는가.

회사도 조직의 대표적인 형태 중 하나라고 볼 수 있다.

다수와 함께 합심(合心)해 일한다.

그 기분을 오랜만에 다시 느껴보는 황고수 부장의 얼굴에는 실로 오랜만에 웃음이 번지고 있었다.

*　　　*　　　*

"……"

퇴근 시간이 한참 지난 저녁 시간.

사무실에서 뚫어져라 모니터를 바라보던 민철의 귀에 스마트폰의 알림 음이 들려온다.

"…여보세요?"

―나야, 민철 씨.

미래를 약속한 반려자, 이체린의 목소리가 민철의 귓가에
달콤하게 울려 퍼진다.

—보내준 메일, 확인했어?

"어. 아까부터 계속 보고 있었어."

—…그랬구나.

체린의 목소리에 약간의 걱정이 어린다.

민철이 보고 있는 건 바로 상오그룹에 지원한 입사 희망자
들의 이력서다.

하나부터 열까지 인력 채용에 전부 관여하기로 결정한 민
철이기에 서류 심사 단계부터 직접 본인이 일일이 다 체크를
하는 중이었다.

—너무 무리하진 말고.

"알고 있어. 나도 충분히 내 컨디션 고려하면서 일 배분하
고 있으니까 너무 걱정하지 않아도 돼."

—그건 나도 알지만…….

그래도 여자친구 되는 입장에선 걱정하지 않을 수가 없었
다.

이민철이란 남자는 어떻게 보자면 상오그룹의 미래라고
봐도 무방하다.

체린과 함께 앞으로 상오그룹을 성장시켜야 하는 젊은 인
재다.

그런데 벌써부터 이런 무리를 하게 되면, 나중에 정작 그의 활약이 절실하게 요구되는 시점에서 본래의 실력을 제대로 발휘할 수 없게 되는 건 아닐까 하는 우려가 체린의 마음속에 걱정이란 이름의 요소로 자리매김한다.

하나 민철에게 있어서 이 정도 업무는 아무것도 아니었다.

과거 레디너스 대륙에서는 이것보다 더한 업무도 소화한 적이 있었기에 그의 입장에선 이력서 검토도 그저 몸풀기 정도에 불과했다.

체린의 걱정도 이해는 되지만, 무리를 해서라도 초기 단계부터 우수한 인재들을 직접 골라내야 한다.

그래야 나중에 민철의 수고로움이 덜어지기 때문이다.

제4장

새로운 동료들

강오선과 내통한 남자, 장진석 전무.

그는 한경배 회장을 비롯해 다른 간부들의 맹비난을 한 몸에 받으며 그대로 퇴사의 길을 선택하게 되었다.

장 전무의 퇴사 소식이 발 빠르게 전해지면서 동시에 사람들의 다음 타깃은 자연스럽게 남우진에게로 향하게 된다.

최서인 기자의 뉴스 특보로 인해 대중들 사이에서 또한 남우진이 이번 사건을 꾸민 진범이 아니냐는 목소리가 새어 나오고 있었다.

물론 외부의 시선과 마찬가지로 내부에서도 남우진을 좋

게 보는 사람은 그다지 없었다.

"……."

총무팀 내부에서 의자에 몸을 기댄 채 앉아 있던 성진은 최근 회사 다닐 맛이 전혀 나지 않고 있었다.

조만간 민철의 뒤를 이어 그 또한 젊은 나이에 총무팀의 부장직을 맡게 될지도 모른다는 이야기가 오가고 있었는데, 그럼에도 불구하고 이번 장진석 전무 사건이 터지게 됨으로 인해서 부장 승진이고 뭐고 그 무엇도 성진의 기분을 풀어주지 못했다.

성진도 사실 그렇게까지 아버지에게 의지하는 경향을 잘 보이진 않았다.

아니, 오히려 아버지의 그늘에서 벗어나기 위해 자신의 능력을 키워온 그런 케이스라 할 수 있다.

하나 자식 된 도리로서 자신의 아버지가 다수의 사람들에게 손가락질을 당하는 걸 어떻게 얌전히 보고만 있겠는가.

그렇다고 딱히 이들에게 반격의 수단이 있는 것도 아니다.

장진석 전무가 진범으로 지목당한 시점부터 이들은 이미 패배가 정해진 싸움을 하게 된 꼴과 마찬가지였기 때문이다.

남우진, 그리고 남성진.

이들 부자가 할 수 있는 일은 장진석 전무와 강오선, 두 사람의 내통 관계에 발을 들여놓지 않았다는 결백을 증명하는 일뿐이다.

"짜증 나는 일투성이군."

펜을 돌리며 무심코 본심을 털어놓고 만다.

어찌 되었든 최대한 수비적인 자세로 이번 일을 무난하게 넘길 수밖에 없다.

시간이 모든 것을 해결해 주기만을 바라면서.

*　　　*　　　*

"…일자는 3주 뒤. 어떠냐?"

인사팀의 차원소 실장이 총괄기획부를 방문해 민철에게 직접 묻는다.

얌전히 고개를 끄덕인 민철의 얼굴에 미묘한 감정이 번진다.

"외근 일정이 있긴 하지만… 오전에 빠르게 처리할 수 있을 거 같습니다."

"일자를 차라리 옮길까?"

"아니요. 그대로 진행해 주세요."

"그렇구만. 그렇게 잡아두마."

"예, 잘 부탁드리겠습니다."

"그래. 업무 힘내고."

자신보다 어린 후배가 타 부서에서 부장을 맡고 있다니.

졸지에 부장 직책을 가진 남자와 말을 놓으면서 업무 진행을 하려니 차 실장도 뭔가 어색함이 느껴질 수밖에 없었다.

하나 어찌하랴.

민철이 스스로 자신이 부장을 달았다고 너무 존대하지 말아달라는 말을 했으니, 그의 뜻에 웅해주는 수밖에.

차 실장이 나가자, 서기남이 슬쩍 고개를 돌려 말한다.

"면접 날짜가 정해진 모양인가 보군요."

"그래, 그나마 다행이지. 후딱 빨리 사람 좀 뽑아야 우리도 야근 횟수가 줄어들 테니까."

"하하하……."

어색한 웃음을 토해내지만, 서기남 또한 민철의 말에 절대적으로 공감하듯 고개를 끄덕인다.

"아, 그리고 태희 씨."

"네."

서류 정리를 도맡아 하고 있던 태희를 향해 민철이 작게 손짓한다.

"잠깐 나 좀 볼까요?"

"……?"

뜬금없이 웬 면담 제안이란 말인가.

의아함을 품은 태희였으나, 그래도 딱히 크게 바쁘거나 하진 않으니 얌전히 민철의 말에 따르기로 한다.

사무실을 나와 휴게실로 장소를 옮기게 된 두 사람.

"앉으세요."

"네……."

민철의 손짓에 태희가 두 다리를 모으고 의자에 착석한다.

맞은편 의자에 자리를 잡은 민철이 장난기를 지운 표정으로 태희에게 진지한 말을 꺼내본다.

"최근에 총괄기획부가 인력 충원을 위해 면접을 볼 거란 사실 정도는 알고 계시죠?"

"네, 방금 전에도 차 실장님이랑 그 이야기 하시지 않았나요?"

"일단 딱히 크게 인원수 제한을 두지 않고 사람을 뽑아보려고 합니다만… 경력직이 아닌 신입 위주로 많이 할당될 거 같습니다. 요즘은 경력직 찾기도 쉽지 않으니까요."

"아무래도 그렇겠죠."

"그래서 드리는 제안입니다만."

민철이 태희에게 제법 중요한 제의를 건넨다.

"정식으로 저희와 같이 일할 생각 없습니까?"

"…네?"

예상치 못한 제안에 당황한 태희의 동공이 크게 확장된다.

"총괄기획부에서 인원 확충을 위해 인사팀과 몇 번 말을 주고받으면서 이번 기회에 태희 씨를 정직원으로 채용하자는 이야기가 나왔습니다."

"그치만 조 실장님이라든지 다른 분들의 의견도 들어보시는 게……."

"조 실장님, 서 주임도 그간 같이 일하면서 태희 씨를 상당히 좋게 본 모양인가 봅니다. 제가 이 이야기를 태희 씨에게 들려 드리기 전에 이미 한번 말을 꺼내봤는데, 두 사람도 흔쾌히 승낙했습니다. 태희 씨만 좋다면 언제든지 같이 일해보고 싶다고 하더군요."

"……."

태희가 총괄기획부에 정식으로 같이 일하게 된다면 민철로서도 편하다.

무엇보다도 태희는 경력을 지니고 있는 경력 사원이다.

그리고 타 부서에도 태희의 이미지는 상당히 좋게 평가되고 있다.

총괄기획부의 얼굴마담이라 불릴 만큼 빼어난 외모와 모난 곳이 없는 성격 탓에 다른 부서도 태희가 방문을 해올 때마다 그녀를 반갑게 맞이해 주곤 한다.

다른 곳도 아닌 청진그룹 본사다.

심곡 지점에서 경리로 일했던 그녀에게 이런 제안이 들어왔다는 건 어찌 보면 인생에 한 번 올까 말까 한 기회가 될지도 모른다.

하나 그녀에겐 명확한 자신만의 꿈이 있다.

네일아티스트가 되어 자신의 가게를 차리고 싶다는 꿈이.

사실 태희의 정직원 전환에 대한 의견이 나온 것은 꽤 예전이었다.

그러나 민철이 쉽사리 그녀에게 이런 이야기를 들려주지 못한 건 바로 태희가 지니고 있는 확고한 목표 때문이었다.

할 일이 명백히 정해져 있는 사람에게 다른 제안을 건넨다는 건 의외로 용기가 필요한 행동이기도 하다.

그 사람의 인생이 뒤바뀔지도 모르니 말이다.

그렇다고 태희에게 선택권조차 부여하지 않는 건 그녀에게 모진 짓이라 판단했기에 이번 기회에 정직원 전환 이야기를 꺼내게 되었다.

"신중하게 생각해 보시고 결정해 주시면 감사하겠습니다."

"……."

사실 민철의 말씀씨 정도라면 충분히 태희의 마음을 움직일 자신이 있다.

그러나 굳이 그렇게까지 태희를 설득하고 싶진 않다.

결정을 내리는 건 태희다.

게다가 네일아티스트라는 꿈을 포기하라는 것도 아니다.

조금 더 확실하게 돈을 모은 뒤 가게를 차리는 것도 나쁘지 않은 일이다.

청진그룹 본사에서 정직원으로 일할 정도면 제법 연봉도 빵빵한 편이다. 대기업의 월급 수준은 이미 태희도 여러모로 들어서 잘 알고 있기에 민철의 제안도 사실 그녀에게 매력적으로 들릴 수밖에 없다.

"…여기서 바로 이야기해 드리면 되나요?"

"결정을 내리셨다면 그렇게 하셔도 됩니다."

"그럼……."

태희의 입가에 미소가 걸린다.

"아직 제 자신이 스스로가 많이 부족하다고 생각합니다만, 민철 씨를 포함해서 다른 분들도 저를 좋게 봐주셨다면 그 기대에 충분히 응해 드리고 싶어요."

"그 말은……."

"정직원으로 전환시켜 주신다면야 열심히 일해야지요."

태희의 답변을 듣게 된 민철이 고개를 끄덕여 준다.

"알겠습니다. 오후에 인사팀에 가서 그리 전하도록 하겠습니다. 감사합니다, 태희 씨."

"저야말로 민철 씨에게 고마워해야죠. 대기업에서 일할 수 있는 기회가 몇 번이나 오겠어요? 특히나 저 같은 아무런 스펙 없는 사람으로선 더할 나위 없이 소중한 기회가 될지도 모르니까요. 가게 자금 마련하는 건 금방이겠네요."

"하하, 연봉도 다른 기업에 비해 월등히 높은 편이니까요."

월드 클래스를 자랑하는 청진그룹 아니겠는가.

결국 이렇게 해서 태희라는 새로운 조력자가 총괄기획부에 정식으로 합류하게 되었다.

*　　　*　　　*

총괄기획부 인력 충원을 위한 1차 면접 시행일이 다가오게 되었다.

바쁜 일정을 보내는 와중에도 면접 참관을 위해 빠르게 차를 몰아 회사에 도착한 민철이 면접장으로 이동하기 시작한다.

면접 장소로 지정된 소회의실 앞에는 이미 다수의 지원자들이 긴장 어린 표정으로 자신의 번호가 적힌 명찰표를 목에 건 채 대기하고 있었다.

정장으로 통일된 면접자들의 상태를 눈으로 빠르게 훑어 내려가며 동시에 발걸음을 재촉하기 시작하는 민철.

소회의실 안으로 들어서자마자 차 실장이 가볍게 손을 흔들며 민철을 반긴다.

"아슬아슬했구만, 이민철 부장."

"죄송합니다. 미팅이 생각보다 좀 길어졌습니다."

"아니야, 괜찮아. 어차피 시작하려면 10분 정도 남았으니까. 물이라도 좀 줄까?"

"그래주신다면야… 감사하겠습니다."

"잠깐만 기다려 봐."

의자에 앉자마자 넥타이를 살짝 풀며 천천히 호흡을 내쉬는 민철.

텔레포트를 사용하면 금방 이동할 수 있지만, 장거리를 이동할 때에는 차량을 이용하는 편이 훨씬 더 안전하다.

거리가 제법 있는 순간이동은 9클래스 마스터인 도안 정도라면 충분히 해낼 수 있는 스킬이다.

하지만 민철은 도안의 마법 실력 수준에까지 미치진 못한다.

그래서 지방으로 외근을 나갈 경우에는 이런 식으로 차량을 통해 이동하곤 한다.

"아침부터 바쁘구만."

머그컵에 물을 담아 건네주는 차 실장.

"하하, 감사합니다."

차 실장으로부터 건네받은 시원한 얼음물을 벌컥벌컥 마신다.

마법으로 체온 변화를 동시에 소화하며 최대한 컨디션을 원래의 상태로 돌리는 것도 잊지 않는다.

"후우."

가볍게 숨을 내쉬는 것으로 본래의 몸 상태를 회복한 민철이 테이블에 놓여 있는 다수의 이력서를 바라본다.

실무진 면접을 치르기 전에 서류 심사를 마쳤다.

서류 전형에 통과해 실무진 면접 참가 자격을 얻은 지원자들의 이력서가 순차적으로 민철의 앞에 모습을 드러낸다.

"흠."

아직 면접이 시작되기까지 대략 10분 정도 남아 있다.

그간 이력서들을 다시 한 번 검토해 보는 민철의 옆자리에 차 실장이 한쪽 입꼬리를 올리며 앉는다.

"이번에도 괜찮은 인재 한 명 뽑아봐. 호수 씨 같은 사람으로 말이야."

"뛰어난 인재가 있다면야 바로 뽑아야지요."

"사람 구별해 내는 것도 능력이니까. 최근 홍보팀 이야기를 들어보면, 호수 씨가 요즘 날아다닌다고 들었어."

"그런가요?"

"애초에 기억력이 정말 좋은 사람이니까 몇 가지 업무 지시를 내려도 까먹지 않고 바로바로 할 수 있겠지. 구인성 부장님도 호수 씨 때문에 덕 좀 많이 본다고 입이 귀에 걸렸더라."

"다행이군요."

민철이 홍보팀에 소속되어 있을 당시, 면접관으로 참가했을 때 호수의 가치를 알아보고 그를 정직원으로 채용하게끔 뒤에서 공작을 펼쳤다.

남들보다 뛰어난 기억력을 지니고 있다는 건 분명 커다란 메리트다.

그 기억력 덕분에 실제로 민철 또한 여러모로 호수의 도움을 받은 적이 있으니 말이다.

이제 그에게 부족한 사회생활 경험을 쌓아가기만 한다면, 분명 호수도 뛰어난 인재가 될 수 있을 것이다.

호수와 같은 인재를 찾아내야 한다.

그래야 앞으로 보다 편하게 업무를 진행할 수 있게 되기 때문이다.

똑똑.

가벼운 노크 소리와 함께 살짝 문을 연 인사팀 소속의 젊은 여성 사원이 차 실장에게 질문을 던진다.

"지원자들 들여보내도 될까요?"

"네, 앞 번호부터 3명씩 들여보내 주세요."

"알겠습니다."

드디어 시작된 총괄기획부 신입 사원 채용 면접.

이번 기회에 어떻게 해서든 우수한 인재를 최대한 많이 확보해야 한다는 일념으로 자리를 잡은 민철의 눈에 활기가 돌아오기 시작한다.

*     *     *

한창 이어지는 실무진 면접.

볼펜을 굴리던 민철이 앞에 있는 3명의 지원자에게 기본적인 질문을 던져 본다.

"여기에 지원하게 된 입사 동기에 대해 들어볼 수 있을까요."

민철의 말에 왼쪽에 앉아 있던 젊은 남성이 먼저 목소리를 높여 당차게 외친다.

"청진그룹이 아니면 제 능력을 마음껏 뽐낼 곳이 없다고 생각했기 때문입니다!"

뒤이어 중간에 앉아 있던 여성 또한 남자 못지않게 목소리에 힘을 주고서 지원 동기가 무엇인지 민철과 차 실장, 두 사람에게 들려준다.

"한국 최고… 아니, 세계 최고의 회사에 입사할 기회를 거머쥐는 것만으로도 영광이라고 생각했기 때문입니다."

여기저기서 들려오는 형식적인 말들.

물론 애초에 민철의 질문 자체가 형식적인 질문이었기에 들려오는 대답 또한 형식적일 수밖에 없을 것이다.

세 번째 지원자 또한 앞서 두 지원자와 비슷한 답변을 들려준다.

"그럼 두 번째 질문입니다."

민철의 눈이 빠르게 이력서를 훑어 내려간다.

가장 첫 번째로 민철의 질문에 대답한 남자 지원자를 향해 개별 질문을 던지기 시작한다.

"31번 지원자는 아르바이트 경력이 상당히 많군요. 편의점에 피시방에 제빵 가게에……."

"예, 그렇습니다! 다수의 아르바이트 경력을 통해 많은 사회 경험을 간접적으로 체험할 수 있었고, 제 능력을 키우는 데에도 커다란 일조를 했다고 자부합니다!"

"편의점 아르바이트는 얼마나 했습니까?"

"대략… 2달 정도 했습니다."

"피시방 아르바이트는요?"

"한 달입니다."

"아르바이트를 많이 한 건 좋지만, 공통적으로 기간이 상당히 짧군요."

"그, 그건……."

다음 이력서를 향해 시선을 고정시킨 민철이 이번엔 중간에 위치한 여성 지원자를 향해 묻는다.

"그에 비해서 32번 지원자는 일했던 연수가 상당히 길군요. 화이트랜드라… 어느 회사인지 여쭤봐도 되겠습니까?"

"가구 제조 회사입니다."

"생산직으로 일하셨나요?"

"아니요, 경리직으로 일했습니다."

"그렇군요."

태희와 거의 비슷한 수순이 아닐까 생각된다.

그렇게 상세한 질문까지 포함해 거의 모든 지원자들과 면담을 한 결과, 3시간이 마법처럼 훌쩍 사라져 있었다.

"이것도 참 못할 짓이구만."

생수 한 통을 거의 비우다시피 하던 차 실장이 쓴웃음을 내지어 보인다.

차 실장은 그래도 인사팀인지라 면접관으로 자주 참가한 이력이 있다.

하나 민철은 이번이 고작해야 두 번째다.

그럼에도 불구하고 이력서에 적혀 있는 자료를 통해 그 사람의 장단점을 확실하게 구별해 내는 날카로운 시선을 갖추고 있었다.

"네가 우리 인사팀이었으면 내 일이 훨씬 편해졌을 텐데."

"하하하, 그런가요?"

"예전에 너 데려오려고 홍보팀, 영업팀, 인사팀 등등 여러 부서들이 서로 알게 모르게 눈치 싸움 했던 거 알고 있냐. 그때 장난 아니었지. 비록 구 부장이 최종 승리자였지만 말이야."

오랜만에 그때 당시의 상황을 떠올린 차 실장의 입가에 쓴웃음이 번진다.

아마 민철이 홍보팀이 아닌 인사팀을 선택했다면, 지금쯤 차 실장의 위치는 아마도 격상되어 있지 않을까 싶다.

우수한 부하 직원은 상관의 평가를 드높일 수 있다.

실제로 구인성 부장, 그리고 황고수 부장도 민철의 덕을 많이 봤으니 말이다.

"여하튼 최대한 좋은 사람들이 걸리기만을 기원해야지. 2차 면접은… 서진구 부사장님하고 네가 직접 본다고 했었지?"

"예."

"흐음."

아무래도 총괄기획부에 소속될 인재들을 뽑는 일이기에 서진구 부사장이 직접 자신과 함께할 새로운 인재들을 뽑고 싶다는 의지가 강하게 담긴 참관 의사가 아닐까 싶다.

"2차는 일정 정해지면 바로 알려주마."

"감사합니다."

"그래, 오늘 면접관 하느라 수고 많았다."

"예."

차 실장이 먼저 자리를 비우자, 민철의 시선이 한동안 소회의실 벽을 향해 고정된다.

누가 보면 오랜 면접 시간 덕분에 지쳐서 멍때리는 민철의 모습이라 오해할지도 모른다.

하나 그의 머릿속은 전혀 다른 생각으로 가득 차 있었다.

"……."

말없이 벽과 천장을 올려다보던 민철이 드디어 행동에 임한다.

책상 위에 놓여 있는 다수의 이력서들.

그 이력서들 중에서 몇몇 이력서를 골라 집는다.

"대략 이 정도군."

이력서를 챙겨 간 뒤 소회의실을 나선 민철이 바깥 창문을 바라본다.

이미 해는 점점 저물어가고 있었다.

어차피 오늘은 불타는 금요일, 그리고 내일은 샐러리맨들이 고대하는 주말이다.

"일찍 퇴근해도 나쁘진 않겠지."

내일을 위해서라도 최대한 체력을 비축해 두는 편이 좋다.

그렇게 판단한 민철의 발걸음이 더더욱 빨라진다.

왜냐하면 오늘 저녁, 그의 연인이기도 한 체린이 민철의 집에 방문할 예정이기 때문이다.

                    *        *        *

주말 오전.

"…음……."

옅은 신음을 토해내던 체린이 귓가에 들려오는 물줄기 소리에 살며시 실눈을 뜬다.

창문 사이로 새어 들어오는 햇빛.

격렬했던 어제 저녁의 흔적을 보여주듯 여기저기 나뒹구는 자신의 속옷과 말라붙은 휴지들이 눈에 들어온다.

"……."

잔뜩 헝클어진 긴 머리카락을 손으로 쓸어내린 뒤 한숨을 내쉬는 체린을 향해 이제 막 샤워실에서 나온 민철이 피식 웃음을 내비친다.

"조금 더 자도 괜찮은데."

"…아니, 눈 뜬 김에 그냥 일어나려고."

두 남녀 다 실오라기 하나 걸치지 않은 상황이지만, 너무나도 익숙해진 알몸 인사였기에 부끄러움이라든지 수치심 같은 건 느껴지지 않았다.

천천히 침대 쪽으로 다가온 민철이 가볍게 체린과 모닝 키스를 나눈다.

"나도 씻고 올게."

침대 밑으로 내려온 체린이 화장실로 향하는 동안, 민철은 뒤처리를 위해 가볍게 속옷을 걸친 뒤 몸을 움직인다.

이윽고 체린까지 샤워를 마친 뒤 옷을 차려입은 두 사람.

아침 식사를 끝내자마자 민철이 그녀의 앞에 두툼한 서류 봉투를 내민다.

"이게 뭐야?"

"일단 한번 봐봐."

"......"

고개를 끄덕이며 서류 봉투를 개봉한 체린의 시선이 내용물을 확인하기 위해 바쁘게 눈을 움직인다.

한눈에 봐도 무엇인지 손쉽게 알 수 있는 다수의 종이들.

"이력서잖아?"

"맞아."

"이걸 왜 나한테 보여주는 거야?"

"상오그룹에 지원한 입사 희망자들 중에 청진그룹에도 지원한 지원자들도 있어. 거기에 담겨 있는 이력서의 주인들이 전부 다 중복 지원자들이야."

"설마… 이 사람들을 서류 전형에서 떨어뜨리기라도 하라는 뜻이야?"

체린의 시선에 의아함이 담긴다.

중복 지원은 불법이 아니다.

오히려 지원자들 입장에선 취업을 우선시해야 하기 때문에 이력서를 만들고 여기저기 다수의 회사에 찔러 넣어둬야 취업 확률이 올라간다.

그런데 상오그룹과 청진그룹, 두 부류의 대기업에 지원한 중복 입사 희망자들 이력서를 왜 체린에게 보여주는 걸까.

"중복 지원자들 중에서 생각보다 괜찮은 인재가 꽤 있었어. 그 사람들을 추려 몇 명 빼온 거야."

"그럼……."

"네 측에서 그 사람들 합격시키면 돼. 이미 면접은 내가 한번 봤으니까 믿을 만한 사람들이라고 생각해 둬."

커피 한 모금을 음미한 뒤, 부연 설명을 들려준다.

"너한테 건네준 그 사람들에겐 미안하지만, 청진그룹 지원은 탈락시킬 거야. 대신 상오그룹에서 그 사람들의 취업을 보장해 주면 돼."

상오그룹은 아직 청진그룹과 다르게 서류 전형 심사를 치르고 있는 실정이다.

1차 면접을 위해 서류 전형에 합격한 이들에게 슬슬 면접 일자를 담은 합격 통지서를 문자로 발송할 타이밍을 잡고 있는데, 여기서 졸지에 민철의 추가 주문이 들어온 것이다.

단지 서류 전형 하나만을 놓고 사람을 평가하기에는 사실 많이 부족하다.

면접을 치르지 않고 이력서와 자기소개서를 놓고 평가하기에 그 사람이 정말 우수한 사람인지에 대해 평가를 내리는 건 결코 쉬운 일이 아니다.

하나 민철은 이미 청진그룹에서 치른 한 번의 면접을 통해 자신이 미리 점찍어놓은 몇몇 지원자들이 상오그룹에 지원한 입사 희망자와 일치한다는 걸 알아낼 수 있었다.

1차 실무진 면접을 치르기 전에 상오그룹에 지원한 지원자들의 이력서 파일들을 자신이 직접 다 확인했기 때문이다.

그 사람들이 우수한 재목인지 직접 면담을 통해 평가를 내린 뒤에 몇몇 인재들을 선발해 이런 식으로 몰래 인재 정보를 체린에게 넘겨주게 되었다.

상오그룹이 청진그룹보다 면접 시기가 늦다는 점을 활용한 일종의 꼼수이기도 하다.

그리고 실무진 면접에서 민철의 의견이 꽤나 많이 작용한다.

차 실장이 인사팀이라 하더라도 결국 이번 면접은 인사팀에서 일할 사람을 뽑는 게 아닌 총괄기획부에서 일할 사람을 뽑는 과정이다.

그럼 민철의 입김이 보다 더 강하게 작용할 수밖에 없을 것이다.

"…알았어. 민철 씨가 직접 확인했다면, 분명 좋은 사람들 이겠지?"

"넌 나만 믿으면 돼."

그의 말에 체린이 일절 고민도 없이 고개를 끄덕인다.

민철을 믿는다.

그것은 체린이 앞으로 그와 가정을 꾸려가면서 해야 할 가장 중요한 일이기도 하다.

"오늘부터 바빠지겠네."

그저 민철과 달콤한 시간을 보내려고 왔던 체린이었으나, 설마 이런 일거리를 받게 될 줄은 꿈에도 몰랐다.

"급하게 할 필요는 없어. 뭐든지 여유를 가지고 천천히 해. 무작정 빨리 일처리를 해야 한다는 생각은 오히려 되는 일도 그르칠 수 있으니까."

"응, 알고 있어."

여유롭게 모닝커피를 마시며 체린에게 좋은 충고를 들려주는 민철.

가끔 그를 볼 때마다 체린은 오히려 민철이 자신보다 연상 같다는 생각을 품게 된다.

물론 그가 이계에서 넘어온 남자, 레이폰 더 데스사이드라는 사실을 체린이 알 리가 없다.

"회사 일은 그렇다 치더라도."

다시 이력서 파일들을 서류 봉투 안에 넣어둔 체린이 뭔가 하고 싶은 말이 있는 모양인지 민철을 똑바로 응시한다.

"이제 슬슬 결혼식 준비도 해야 할 거 같은데."

"그렇긴 하지."

이미 양가 부모님의 허락도 받아뒀다.

상오그룹이 추진하고 있는 외식업계 진출 역시도 황고수 부장의 활약으로 인해 점차 안정권에 들어서고 있었다.

기존의 머메이드라는 카페 브랜드의 이미지를 끌어온 것과 더불어 양심적인 가격과 대중들을 사로잡는 이벤트가 마케팅에 힘을 실어줬다.

덕분에 SNS라든지 혹은 블로거들을 통해 사람들의 입에 자주 오르락내리락하기 시작한 상오그룹 계열의 외식 브랜드들.

새로 개업한 분야도 서서히 안정권에 접어들기 시작했으니, 이제 상오그룹에서 가장 중요한 행사라 할 수 있는 체린의 결혼식을 무사히 치르기만 하면 된다.

"너무 결혼 시기가 늦어지면 간부들에게 눈총을 받을 수 있으니까. 민철 씨도 대놓고는 아니더라도, 회사 경영에 참가한다는 모습을 조금씩 미리 간부들에게 보여주는 편이 좋지 않을까? 그래야 나중에 경영권이 민철 씨와 내게 넘어와도 별다른 반발을 사지 않을 테니까."

"그렇긴 하지."

아직까진 청진그룹에서 일하고 있는 신분이기에 노골적으로 대놓고 상오그룹 경영에 참가할 수는 없다.

그러나 훗날을 고려한다면, 체린의 말마따나 그래도 자주 경영 회의에 참가하는 등 여러모로 자신의 존재를 간부들에게 어필해 줄 필요가 있다.

상오그룹은 결코 남의 회사가 아니다.

조만간 그 회사 또한 민철의 것이 될 수 있다.

물론.

청진그룹 역시 마찬가지다.

"정말로 바빠지겠구만."

어쩌면 민철과 체린, 두 사람은 대한민국을… 아니, 전 세계의 경제를 쥐락펴락할 수 있는 젊은 부부가 될지도 모른다.

*       *       *

월요일 오전.

회사로 출근하자마자 체린의 발걸음이 빨라진다.

평소 그녀가 향하던 자신만의 사무실이 아닌, 이번에는 인사팀 쪽으로 아침부터 출근 도장을 찍게 된다.

사무실 문을 열자, 체린의 등장을 미리 알아본 직원 중 한 명이 그녀를 향해 인사한다.

"부사장님 오셨습니까!"

젊은 사원의 기운찬 말에 모두가 체린에게 시선을 고정시키며 각자 인사말을 들려주기 시작한다.

"좋은 아침입니다!"

"네, 좋은 아침이에요. 그것보다… 허민우 부장님 안 계신가요?"

"허 부장님이라면…….."

직원들이 난색을 표명한다.

현재 시각, 오전 9시 반.

출근 시간이 9시인 것을 고려하면, 아직 출근을 하지 않은 인사팀의 허민우 부장은 명백히 지각이라 할 수 있을 것이다.

바로 그 순간.

"헉, 헉!"

때마침 누군가가 헐레벌떡 문을 열고 안으로 들어선다.

다급하게 사무실 안으로 뛰어온 허 부장이 운도 없게 체린과 정확하게 딱 마주친다.

"…부, 부사장님?!"

"안녕하세요, 허민우 부장님."

"조, 좋은 아침입니다… 하하하…….."

하필이면 자신이 지각할 때 체린이 인사팀을 방문할 줄

이야.

어제 술자리 미팅에서 새벽까지 연이어 과도하게 달린 탓에 자신도 모르게 아침까지 뻗어 있었다.

제대로 씻고 오지도 못한 터라 술 냄새가 확연하게 풍기는 걸 주변 사람들조차 알 정도였으니 말 다한 셈 아닐까.

물론 채린 또한 술 냄새를 통해 허 부장이 어제 밤늦게까지 술자리에 참석했음을 짐작할 수 있었다.

"늦게까지 마시는 것도 좋지만, 가정을 생각해서라도 집에 일찍 들어가 주세요. 사모님께서 걱정하실 테니까요."

"며, 명심하겠습니다……."

아무래도 곧 결혼을 앞두고 있는 예비 신부라서 그런 걸까.

만약 자신의 남편이기도 한 민철이 허 부장처럼 밤늦게까지 술 마시고 집에 안 들어온다면, 아내 되는 입장에서 걱정스럽기도 하면서 동시에 화가 날 것이다.

자신도 모르게 허민우 부장의 사모님과 일시적으로 공감대를 형성하면서 잔소리 아닌 잔소리를 늘어놓게 된다.

"그런데 여긴 어쩐 일로……."

어색한 웃음과 함께 머리를 긁적이는 허 부장.

채린이 괜히 인사팀에 아침부터 모습을 드러낼 리는 없을 거라 생각한 모양인지 채린에게 방문 의사를 묻는다.

사무실 전반을 훑어보던 채린이 슬쩍 고개를 다른 쪽으로 돌리며 말한다.

"잠깐 자리를 옮길까요."

"아… 네!"

다른 사원들이 듣기에는 조금 민감한 문제인 걸까.

체린의 장소 이동 제안에 선뜻 승낙한 허 부장이 정장 재킷을 자신의 의자에 걸쳐 놓은 뒤 더위를 식히기 위한 작은 부채 하나를 들고 체린의 뒤를 따른다.

*　　　*　　　*

청진그룹 회사 앞의 어느 작은 카페.

"아, 여기예요, 이 부장님."

가볍게 손을 흔들며 자신의 위치를 알려주는 한 여성을 향해 민철이 발걸음을 재촉한다.

오랜만이라고 한다면 오랜만에 보는 사람일 수도 있다.

한경배 회장의 손녀딸인 한예지가 선뜻 먼저 민철과 만나고 싶다는 연락을 해온 것이다.

"혈색이 많이 좋아지셨군요."

"이 부장님 덕분이에요."

예지의 입꼬리가 슬쩍 올라간다.

꽤나 본 지 오래되었지만, 그 미모는 여전히 아름다움을 자랑하고 있었다.

강오선 사건 당시, 병원에서 요양을 하며 시간을 보내고 있던 과거의 예지에 비해 그래도 활력이 제법 많이 돌아온 얼굴이었다.

눈에 확연하게 들어올 만큼 건강해진 예지의 모습을 보니 민철 또한 예지에게 별일이 생기지 않아 다행이라는 생각이 절로 든다.

예지는 아직까지도 중요한 인물 중 한 명으로 손꼽을 수 있다.

한경배 회장의 핏줄이라는 것부터 이미 그녀라는 존재가 지니고 있는 가치가 한없이 높음을 증명하는 것과 마찬가지기 때문이다.

"제가 한 일이 뭐가 있겠습니까, 하하."

겸손하게 자신의 공로를 낮추는 민철.

그러나 예지는 그런 민철의 말을 단호하게 부정한다.

"아니에요. 이 부장님이 저번 강오선 사건과 이번 내통자 사건까지 많은 공로를 세우셨다고 할아버지… 아니, 회장님께 들었어요. 이 부장님 아니면 그 모든 사건들을 해결하는 데에 난항을 겪었을 거라고… 어쩌면 지금 이 순간까지도 해결하지 못했을 수도 있을 거란 말씀도 하셨어요."

"하하, 과찬입니다."

칭찬은 언제나 사람을 기분 좋게 만든다.

물론, 예지는 모든 사건의 전말을 다 알고 있지 못한다.

한경배 회장과 서진구, 두 사람만이 민철의 진짜 활약상을 정확하게 꿰뚫고 있기 때문이다.

비밀 엄수를 조건으로 걸었기에, 두 사람이라면 어디 가서 함부로 민철이 부탁했던 자신의 활약상을 아무에게나 퍼뜨리고 다니진 않을 것이라 확신하고 있다.

남우진이라면 모를까, 한경배 회장과 서진구는 신뢰와 믿음이라는 요소로 청진그룹을 여기까지 성장시켜 왔다.

수십 년간 지녀온 신념을 하루아침에 버리기에는 쉽지 않은 일이기 때문이다.

"그나저나 저를 보자고 하신 이유가……."

예지 측에서 먼저 자신을 보자고 했을 때, 사실 민철은 솔직히 말해서 언젠가는 올 연락이었다는 생각이 가장 먼저 들었다.

왜냐하면 실제로 민철은 한경배 회장과 한예지, 두 사람에게 많은 도움을 줬다.

한경배 회장이 따로 민철에게 고마움을 표현했지만, 아직 예지는 민철에게 정식으로 이렇다 할 의사를 표현하지 않았다.

사건의 당사자이기도 한 예지도 분명 별도로 민철에게 뭔가 고마움을 표시해 올 거라는 예상을 하고 있었다.

그녀가 진짜 한경배 회장의 핏줄이라면 말이다.

"최근에는 이것저것 바쁘신 거 같기도 하고… 그래도 이제 좀 사건이 마무리되는 거 같아서 이 부장님에게 받은 은혜에 어느 정도 보답을 드리고자 해서 만나 뵙기를 청한 거예요."

"하하, 보답이라니요. 전 그런 걸 바라고서 일한 게 아닙니다."

"아니요. 이번에는 무시하고 넘어가기엔 너무나도 큰 은혜를 입은 거 같아요. 회장님도 늘상 말씀하셨어요. 이 부장님에게 조만간 크게 의지할 날이 올 거라고."

"……!"

결코 가볍게 흘려들을 수 없는 말이다.

민철에게 크게 의지할 날이 올 거란 그 사소한 말 한마디에 녹아 들어 있는 무수한 의미들.

게다가 그 이야기를 예지 앞에서 했다는 건…….

'이거… 생각보다 내 계획이 훨씬 빠르게 앞당겨질 수 있겠군.'

속으로 미소를 지을 수밖에 없었다.

민철이 스스로 생각했던 것보다 한경배 회장의 신임을 상당히 많이 받게 된 모양인가 보다.

나쁜 현상은 아니기에 긍정적으로 받아들이기로 결심한

민철을 향해 예지가 현실적인 이야기를 들려주기 시작한다.

"회장님께서 저에게 예전부터 어느 정도 적지 않은 회사의 지분을 주신 적이 있어요. 물론, 그 지분은 현재 제 앞으로 할당되어 있기도 하고요."

"그렇군요."

충분히 예상 가능한 일이기도 하다.

한경배 회장이 아무리 능력을 기준으로 회사를 꾸려간다 하더라도, 하나밖에 없는 손녀딸에게 아무것도 남겨주지 않을 리가 없다.

더욱이 예지는 어렸을 적, 사고로 부모님을 잃은 가여운 신세에 놓여 있다.

할아버지가 된 입장에서 이런 손녀딸을 보듬어주지 않을 수가 없을 것이다.

행여나 자신이 세상을 떠나게 되더라도 예지에게 적어도 가급적이면 많은 것을 물려주고 싶어 했을 것이다.

만약 예지가 능력이 출중한 여성이었다면, 그녀에게 회사를 물려줄 생각도 해봤을 게 틀림없다.

하나 이번 강오선 사건을 계기로 예지 스스로가 자신은 청진그룹을 감당할 그릇이 못 된다는 것을 절실하게 깨달았다.

물론 그건 한경배 회장도 마찬가지였다.

그렇다고 회사 경영에 완전히 손을 떼는 건 아니다. 청진그룹의 중심이 될 수는 없겠지만, 그래도 어느 정도 회사를 이끌어갈 수 있는 능력을 길러 자신도 앞으로 청진그룹이 쓰러지지 않게끔 도움이 되겠다는 생각을 지니고 있다.

게다가 지분은 예지를 지켜주기 위한 수단이 될 수도 있다.

회사 내에서 어느 정도 영향력을 지니고 있는 중요 인사라 한다면, 대주주인 예지를 해코지하지 못하기 때문이다.

"전 개인적으로… 이 부장님이 청진그룹의 중심이 되어주셨으면 해요."

"그 말뜻은……."

주변에 몰래 듣는 귀가 없는지 다시 한 번 경계를 한다.

그만큼 예지의 방금 이 말은 상당히 중요했다.

"민철 씨가 보다 높은 곳까지 올라갈 수 있게끔… 제가 힘이 되어드리고 싶어요."

"……."

한예지.

이 여자도 보통내기가 아니다.

자신이 회사의 중심이 될 수 없다면, 일찌감치 회장 세력에서 중심적인 인물이 나오게끔 사전에 작업을 해두는 것이 좋다.

한경배 회장이 남우진을 전담 마크하고 있을 이 시기가 기회다.

그렇다면 자신도 최대한 라인이라는 걸 타야 하지 않겠는가.

기왕 줄을 설 거면, 보다 확실하고 안정성 있는 쪽에 줄을 서는 편이 좋다.

예지가 선택한 그 줄은 바로…….

이민철이었다.

"앞으로 제가 도울 일이 있다면, 전 최대한 이 부장님을 밀어줄 생각이에요."

"……."

"회사 내부의 세력들뿐만이 아니라, 외부 세력으로부터 청진그룹을 지킬 수 있는 사람은 이 부장님밖에 없다고 생각하니까요."

예지의 지지를 받게 된다면 가장 큰 걸 얻을 수 있다.

바로 '명분' 이다.

한경배 회장의 손녀딸인 한예지.

그녀가 선택한 남자, 이민철.

확대해석을 하면, 그것은 곧 한경배 회장의 선택임을 간접적으로 시사하게 된다.

"아무쪼록… 잘 부탁드려요."

예지가 선뜻 먼저 손을 내민다.

무언의 협약.

그리고 동맹 제안.

민철로선, 이 제의를 거절할 이유가 없다.

"저야말로 잘 부탁드리겠습니다."

예지의 고운 손을 마주 잡아준다.

한경배 회장의 손녀딸과 맺은 이 협약은 훗날 민철에게 엄청난 푸시 효과를 심어주리라 믿어 의심치 않는다.

*　　*　　*

"이 사람들을 합격시켜 달란 뜻입니까?"

"네. 맞아요."

"……."

탁자 위에 놓인 수십 개의 이력서.

바로 주말에 민철이 체린에게 건네줬던 그 서류 봉투에 담긴 이력서들이었다.

"서류 전형은 일단 무조건 합격시키세요. 면접도… 가급적이면 실무진에서는 최대한 2차 면접까지 올려 보내는 쪽으로 하시구요."

모종의 거래가 있던 것일까.

아니면 체린의 선택일까.

허 부장뿐만 아니라 체린도 이번 공개 채용에 직접 관여하고 있다.

그래서 그녀 또한 이력서들을 한 번씩 훑어봤을 것이다.

하나 고작 그런 것 하나만으로 서류 심사뿐만이 아니라 1차 실무진 면접까지도 가급적이면 합격을 시키라니.

'뭔가가… 있었나?'

듣는 입장에선 이런 의심을 품는 것이 오히려 자연스러울지도 모른다.

좀 더 단호하게 말하면, 아마 허 부장의 예상이 맞으리라.

중간중간에 다른 지원자들에 비해 학력이 부족해 보이는 사람들도 있다.

그리고 영어 성적 또 아슬아슬하게 커트라인에 살짝 걸친 지원자도 보인다.

이력서만으론 이 사람이 정말 뽑을 만한 가치가 있는 사람인가 하는 의구심이 절로 들 만한 인물이 빈번하게 보이고 있었으나, 체린의 태도는 여전히 완고했다.

"절 믿고 뽑으셔도 돼요."

"…알겠습니다."

부사장인 그녀가 이렇게나 강경하게 주장하는데, 일개 사원인 허 부장이 무슨 힘으로 그녀의 말에 반기를 들 수 있을까.

그리고 체린 또한 능력 있는 인물이다.

분명 회사에 도움이 될 만한 인재라는 걸 확신하기에 이런 식으로 부탁을 해온 것이라 판단한 허 부장이 고개를 끄덕인다.

"알겠습니다."

"허 부장님만 믿을게요."

그렇게 또 다른 곳에서 민철의 계획에 슬슬 시동이 걸리고 있었다.

*          *          *

2차 면접의 날.

면접을 앞둔 지원자들의 표정에는 하나같이 긴장감이 새겨지고 있었다.

한편, 대회의실에 자리를 잡은 서진구에게 차 실장이 1차 합격자들의 이력서가 담긴 서류 봉투를 가져온다.

"여기 있습니다, 부사장님."

"음, 고맙네."

요즘 한경배 회장과 남우진, 두 사람의 세력 경쟁이 잔뜩 물이 오른 탓에 서진구도 요즘 들어 정신없는 나날을 보내고 있다.

그럼에도 불구하고 이번 면접은 자신이 직접 참관을 하리라 예전부터 다짐을 하고 있었다.

다른 부서도 아니고, 회장 세력의 중추가 될 총괄기획부에서 일할 인재들을 뽑는 일이기 때문이다.

끼익.

대회의실 문을 열고 등장한 민철이 서진구에게 고개를 숙여 인사를 건넨다.

"안녕하세요, 부사장님."

"자네 왔는가."

"예. 죄송합니다, 잠깐 자료 좀 챙기느라 늦었습니다."

"괜찮네. 그것보다… 시작하려면 어느 정도 남았지?"

서진구의 물음에 차 실장이 벽시계를 바라보며 대답한다.

"20분 정도 남았습니다."

"얼마 안 남았군."

서진구의 시선 또한 시계에 고정된다.

그러더니 차 실장을 바라보며 작은 부탁을 건네준다.

"아, 내가 인사팀에게 전해준다는 게 있었는데… 깜빡했군. 잠깐 내 사무실에 가서 뭐 좀 가져다줄 수 있겠나?"

"예, 어떤 거 말씀이십니까?"

"책상 위에 내가 따로 공문 복사해 둔 프린트물이 있네. 미안하지만 그거 좀 가져다주게. 면접 끝나면 각 부서별로 얼굴 좀 비출 겸 돌아다니면서 부장급들에게 돌릴 예정이니까 미리 챙겨뒀으면 하는데."

"알겠습니다."

서진구의 말을 받들며 잠시 대회의실에서 자취를 감추는 차 실장.

그사이, 서진구의 입이 천천히 열리기 시작한다.

"…자네가 원하는 대로 차 실장을 돌려보냈네."

"감사합니다."

민철이 슬며시 웃으며 서진구에게 감사를 표한다.

사실 면접에 참관하기 전에, 미리 전화상으로 서진구에게 두 사람만의 시간을 따로 만들어달라는 부탁을 했었다.

그러나 서진구가 워낙 이전까지 바쁜 시간을 보내고 온 터라 미처 시간을 따로 할당할 수가 없었다.

그래서 면접 시작 전이나마 이렇게 짧게라도 시간을 내본 것이다.

"그래, 나에게 또 무슨 할 말이라도 있나?"

민철이 대개 이런 부탁을 해오면, 뭔가 큰 건수가 있다는 뜻과도 같다.

장진석 전무와 내통자 사건의 진실도 이런 식으로 알아냈으니 말이다.

"별건 아닙니다. 그저… 제가 눈여겨본 인재들이 따로 있다는 것을 서진구 부사장님에게 어필하고 싶어서입니다."

"어필이라… 그 사람들이 꽤나 마음에 들었나 보군. 자네가 눈독을 들이면서 나에게 직접 이렇게까지 말을 할 정도라면 말이야."

"예, 그렇습니다."

민철이 마음에 들어 하는 사람들이 서진구의 마음에도 들라는 법은 없다.

그래서 아마 이 20분의 시간은 자신이 지목한 인재들이 누구인지 알려주는 것과 동시에 이 사람들을 뽑아야 한다는 설득의 시간이 될 것이다.

몇몇 이력서들을 책상 위에 펼쳐 보이는 민철.

만약 눈여겨본 지원자들이 대략 10명이라 예시를 들자면, 그중 7명은 상오그룹 측에 강력히 추천을 해뒀다.

남은 3명을 총괄기획부에 데려오자는 전략이다.

비율상으론 7대 3.

상오그룹과 총괄기획부, 두 장소에 적절한 비율로 인력을 배치해 둬야 한다.

한 곳에 전부 다 올인(All in)하면, 다른 한 곳은 타격을 받을 수가 있다.

분산 투자가 다른 투자 방식에 비해 위험도가 낮은 건 민철도 잘 안다.

한 곳만 집중적으로 키운다기보다는 자신이 속해 있는 이 두 곳을 다 같이 키운다.

그것이 민철의 가장 큰 목표이기도 하다.

"우선은……."

한 명씩 지목을 하며 이 사람을 뽑아야 하는 이유와 근거, 그리고 어떤 점들이 마음에 들었는지에 대해 빠르게 설명을 이어간다.

민철이 지목한 사람은 5명 정도.

숫자도 일부러 꽤나 많이 잡아뒀다.

현재 총괄기획부의 인원은 민철과 조성민 실장, 서기남 주임, 그리고 이번에 정직원으로 승격된 태희까지 해서 4명에 불과하다.

T.O(Table of organization)보다도 더 많은 인재들을 뽑자고 한 이유는 이번 기회에 총괄기획부 세력을 급격하게 늘리고자 하는 민철의 욕심이 가장 크다.

인원의 숫자야말로 해당 부서의 권력과 힘을 상징하는 가장 큰 지표가 될 수 있다.

사람이 많으면 자연스럽게 목소리도 커지는 법이다.

"총괄기획부의 가장 큰 약점은 아직까지 소규모로 움직이고 있다는 점입니다. 이번 기회에 총괄기획부 T.O를 확실하게 늘려 사내에서 차지하는 위치와 권한을 강화시킬 필요가 있습니다."

민철이 자연스럽게 이번에 보다 많은 인원을 뽑아야 하는 이유에 대해 언급하기 시작한다.

상대를 설득하는 데 있어서 가장 효과적인 방법은 바로 왜 이런 일을 해야 하는가에 대한 합리적인 근거를 제시하는 것이다.

"한경배 회장님이 남우진 부사장을 집중적으로 견제하고, 남우진 부사장의 세력이 약화된 지금이 바로 총괄기획부의 세력을 빠르게 키워 나갈 수 있는 시기라고 생각합니다."

"으음……."

총괄기획부 인원 확충의 필요를 역설하는 민철.

그러나 서진구의 반론이 제기된다.

"인원 확충이라는 건, 너무 확 늘리게 되면 분명 제대로 통제가 안 될 걸세. 차츰차츰 인원을 늘려가는 방식이 어떠한가?"

이것도 충분히 예상하고 있던 반론이다.

윗사람의 시선에선 충분히 그런 걱정 정도는 할 수 있다.

"제가 해결할 수 있습니다."

"자네가……?"

"예. 기존에는 저와 조 실장, 둘이 번갈아가며 외근을 전담하고 있었지만, 조 실장에게 좀 더 많은 외근을 할당하고 저는 가급적 사무실에 남아 신입들을 교육시킬 예정입니다."

"부장인 자네가 직접 교육시킨단 말인가?"

본래는 부장급이 아닌 바로 위 선임이 사수 혹은 부사수를 맡아 신입을 교육시키는 게 보편적인 관례다.

그렇기에 신입 교육에 적극적으로 참가하겠다는 민철의 주장에 서진구 부사장은 꽤나 놀라는 반응을 보일 수밖에 없었다.

"여기서 필요한 건 총괄기획부가 사내에서 결코 무시 못할 세력으로 성장하는 일입니다. 그 일의 기반에는 바로 다수이면서 잘 교육된 인원이 필요한 법입니다."

"……."

"절 믿어주시면 감사하겠습니다, 서진구 부사장님."

확실한 근거와 명분이 있다.

그리고 마무리로 다시 한 번 자신에게 신뢰를 달라는 민철의 당부까지 이어진다.

괜히 허투루 민철이 인원을 확 늘리겠다고 말한 게 아님을 다시 한 번 증명시켜 준다.

필요성을 강하게 어필하면 자연스럽게 상대방의 마음이 흔들리게 된다.

민철의 말은 곧 강한 강풍이 되어 서진구의 완고한 나무를 뿌리 끝까지 들춰내기 위해 이리저리 흔들기 시작한다.

그리고 머지않아.

그 강풍의 세기가 더해짐으로써 결국 서진구의 마음속에서 강하게 뿌리를 내리고 자리 잡은 불안감이란 이름의 나무가 지상 위로 두꺼운 뿌리를 드러내며 쿵!! 소리와 함께 쓰러진다.

"…알겠네. 자네만 믿도록 하겠네."

"실망시켜 드리지 않겠습니다."

민철은 회장 세력의 편에 서서 그 누구보다도 눈부신 활약상을 보여줬다.

특히나 이번 강오선 사건에서 보여준 그의 능력은 서진구의 마음을 사로잡을 정도였다.

이미 그 순간, 서진구에게 있어서 이민철이란 보통 사원이 아니게 되었다.

특별한… 어찌 보면 차후에 청진그룹을 이끌 수 있는 후보가 되어 있었다.

그가 이렇게까지 강력하게 자신의 의견을 주장하는데, 서진구로서 안 들어주려야 안 들어줄 수가 없지 아니한가.

결국 그간 민철이 보여줬던 믿음이 한곳에 모여 서진구의 마음을 움직이게 만들었다.

이미 한번 제대로 신뢰 관계를 쌓은 사람을 설득한다는 건 굉장히 쉬운 일이다.

별다른 화술을 발휘하지 않아도 애초에 자신을 믿어주는 사람인데, 굳이 왈가불가 떠들 필요는 없다.

그저 이번 일의 필요성과 얻는 이득, 그리고 마지막으로 자신을 믿어달라는 말 정도만 해주면 거기서 이미 끝난 게임이다.

'편하구만.'

민철의 말과 그간 보여준 처세술이 큰 몫을 해냈다.

이제 남은 일은 자신이 선택한 인재들이 서진구 부사장의 앞에서 좋은 모습을 보여주는 것뿐이다.

제아무리 민철이 '이 사람이 괜찮은 거 같습니다' 라고 어필을 해봤자, 정작 서진구 앞에서 큰 실수를 저지르게 되면 그것도 말짱 꽝이다.

서진구는 민철을 믿는 것이지, 지원자들을 믿는 게 아니기 때문이다.

첫 만남부터 안 좋은 인상을 심어주게 된다면, 제아무리 민철이라 하더라도 그 인재의 필요성을 다시 한 번 어필하는 데에 꽤나 애를 먹을 것이다.

'여기까지 해줬으니… 남은 건 알아서 잘할 수 있기를.'

아직 제대로 인사도 못 나눈 지원자들에게 속으로 응원을 보내보는 민철이었다.

성공적으로 2차 면접이 끝난 뒤.

2주가 지난 시점에서 총괄기획부는 뜻하지 않게 사무실 이전 준비를 서둘러야 했다.

"기남아! 거기 박스 하나 더 없냐?"

"여기 남는 박스 있습니다."

"그래그래, 좀 줘봐라!"

배불뚝이 체형을 지니고 있는 조 실장이 구슬땀을 흘리며 파란색 박스 안에 자신의 짐들을 쑤셔 넣기 시작한다.

"아따⋯ 에어컨 튼 거 맞나? 왜 이리 더워!"

"하하, 튼 거 맞습니다."

민철이 너털웃음을 터뜨리면서 조 실장의 말에 대답해 준다.

총괄기획부는 며칠 뒤, 들어올 신입과 더불어 타 부서에서 부서 이동 해올 사원들의 자리를 확보하기 위해 보다 큰 사무실로 이사를 추진하고 있었다.

애초에 총괄기획부는 초창기에 그리 많은 인원으로 활동하지 않았다.

황고수 부장과 예지가 있을 때에도 고작해야 5명이 전부였으니 말이다.

그러나 지금은 다르다.

곧 있으면 최소 10명에서 최대 12, 13명까지 인원이 확 늘어날 예정이기에 큰 사무실로 이전을 하지 않는 이상 이 많은 인원을 감당할 수 없게 되었다.

그래서 다급하게 이사를 추진하게 된 것이다.

"사람 들어오는 건 좋지만, 이사는 진짜 귀찮은 일이구만!"

잠시 쉬기 위해 의자에 엉덩이를 걸터앉은 조 실장이 큼지막한 부채로 더위를 쫓아내기 위해 필사적으로 부채질을 시도한다.

그 모습을 보던 태희가 빙그레 웃으며 농담 섞인 말을 건넨다.

"조 실장님, 운동 좀 하세요. 그러니까 힘드신 거예요."

"어허! 태희 씨도 결혼해 봐. 운동할 시간이 어디 있다고. 가뜩이나 이 부장이 나에게 외근을 거의 떠밀다시피 해놨는데 시간이 어디 있겠어?"

"주말 때라도 조금씩 운동하는 게 어떠세요?"

"주말은 쉬라고 있는 거지. 안 그래?"

"…어휴, 정말."

결국 운동할 생각이 없는 것과 마찬가지 아닌가.

"조기축구회라도 같이 가입하시겠습니까?"

서 주임이 조기축구회를 추천해 보지만, 그것마저도 고개를 흔들며 격렬하게 거부한다.

"그러니까 주말은 쉬라고 있는 날이라고. 굳이 귀찮은 일을 만들고 싶지 않아."

"땀 흘리면 건강에도 좋습니다. 나중에 잠시라도 좋으니까 한번 같이 가시죠."

"싫다, 인마. 너랑 다니면 내 몸이 남아나질 않을 거라고."

서 주임은 사내에서도 운동 마니아로 잘 알려져 있다.

그런 서기남을 따라다닐 자신이 없는 모양인지 다시 한 번 조 실장이 강력하게 거부권을 행사한다.

*           *           *

총괄기획부가 이사 준비에 한창일 무렵.

같은 시각, 청진그룹 홍보팀 사무실 안에서도 작은 변화가 일어나고 있었다.

"엇차!"

홍보팀에서 막내로 일하고 있던 도안이 박스 안에 자신의 짐들을 챙기기 시작한다.

옆자리에서 도안을 지켜보던 호수가 슬쩍 다가와 묻는다.

"도안 씨, 저도 도와드릴까요?"

"아니요, 괜찮습니다. 혼자서도 충분히 할 수 있어요. 그리고 사실 짐도 그렇게 많지 않은걸요. 하하."

"…그래도……."

"정말 괜찮습니다. 그리고 굳이 다른 분들의 시간까지 잡아먹고 싶진 않으니까요."

"……."

도안의 철칙은 '타인에게 피해를 주지 말자!' 이기도 하다.

때문에 자신의 개인 용무를 빌미로 다른 사람들의 시간을 빼앗는 일을 달갑게 받아들일 수 없는 것이다.

하나 도안의 발언을 몰래 엿듣고 있던 구 부장이 오히려 태클을 걸어온다.

"도안아. 이런 건 그냥 얌전히 호의를 받아들이는 게 좋은 거야. 너, 오늘 우리랑 같은 사무실 쓰는 것이 마지막이 될 수도 있잖냐."

"……."

"서로 돕고 사는 게 이 사회 아니겠냐. 그러니까 얌전히 선임들 마음 받아줘라."

"…예, 알겠습니다."

구 부장이 말한 그대로다.

오늘은 도안이 홍보팀에서 일하는 마지막 날이다.

그는 오늘부로 총괄기획부 쪽으로 보금자리를 이동하게 되었다.

딱히 그가 먼저 총괄기획부로 가고 싶다는 말을 한 건 아니다.

처음에는 총괄기획부 쪽에서 신입 말고 기존의 사원들도 타 부서에서 끌어갈지도 모른다는 말을 들었을 때엔 자신과 관련 없는 일로 알고 있었다.

어차피 홍보팀도 나쁘지 않고, 구 부장이라든지 호수, 대민 등등 좋은 사람들도 많이 있기 때문이다.

하나 난데없이 민철에게서 직접적으로 부서 이동 제의가 들어오게 되었다.

자신과 같이 일해볼 생각 없냐고 말이다.

'민철 씨가 어째서……'

물론 다른 사람들에 비해 도안은 민철과 특이한 접점을 유지하고 있다.

바로 마법이라는 분야다.

처음에는 민철의 제안을 거절할까 하는 생각도 들었지만, 민철이 자신을 필요로 한다는 간절함이 많이 느껴졌기에, 그리고 그간 민철이 자신을 많이 도와준 것도 결코 무시할 수 없어서 부서 이동을 택하게 되었다.

또 어차피 부서 이동을 한다 치더라도 홍보팀 사람들과 영원히 작별하는 것도 아니다.

어차피 사내에 위치해 있기 때문에 시간을 할애하면 언제든지 휴게실이나 식당 같은 곳에서 마주칠 수 있다.

물론 얼굴을 보는 횟수가 기하급수적으로 줄어드는 건 당연하다.

그러나 미약하게나마 연줄이 끊기지 않고 이어져 있는 것 하나만으로도 도안의 입장에선 충분히 만족할 만했다.

"민철 씨도 그렇고, 도안이도 그렇고. 저희 인력을 총괄기획부에 너무 많이 빼앗기는 거 아닐는지 모르겠습니다."

대민이 살짝 불만을 내비쳤다.

하나 별수 있겠는가.

"하하, 얀마. 그럼 총괄기획부에 가서 따지든가."

"그것까진 아닙니다만……."

구 부장의 태클에 대민이 머쓱한 표정으로 웃어 보인다.

총괄기획부로 부서를 이동하는 건 민철과 도안이 스스로 선택한 길이다.

그들의 의견을 존중해 주는 것이 동기로서, 그리고 선임으로서 해줄 수 있는 최대한의 배려가 아닐까.

"가서 힘들다 싶으면 나한테 언제든지 이야기해. 알았지?"

가볍게 도안의 어깨를 토닥여 주는 대민이 믿음직스러운 말을 건넸다.

도안 역시 마찬가지로 신뢰를 담은 시선으로 그를 바라보며 고개를 끄덕였다.

"감사합니다, 김 대리님."

새로운 부서에서도 잘 적응할 수 있기를.

홍보팀 사원들은 각기 속으로 도안의 새로운 출발이 잘 풀리기를 진심으로 기원해 주었다.

＊　　　＊　　　＊

사무실 이전이 한창인 총괄기획부.

이제부터 새로 보금자리를 트게 된 넓은 사무실에 입성한 이들의 입이 쩍 벌어졌다.

"우와… 진짜 크네."

"그러게 말입니다."

조 실장의 말을 받아주며 사무실 입구 근처에 박스들을 내려놓은 민철이 사원들을 불러 모았다.

"각자 어느 자리를 차지할지 정하고자 합니다만……."

"이 부장 자리는 이미 결정된 거 아니냐?"

"제 자리 말입니까?"

조 실장이 손가락으로 어느 한 장소를 가리킨다.

"딱 봐도 저기가 부장 자리잖냐."

"하하……."

창가와 벽이란 요소를 지니고 있으면서 동시에 책상도 다른 것에 비해 1.5배 정도 크다.

누가 봐도 어느 정도 사무실 내에서 직급 있는 사람이 자신을 차지해야 한다는 포스를 자아내고 있는 책상의 모습에 조실장이 자연스럽게 민철의 자리임을 점찍어둔 모양인가 보다.

"어떠냐, 이 부장? 저 자리로 오케이?"

"저야 뭐 여러분 중에서 저기 자리를 크게 원하시는 분들이 안 계시다면야……."

"얀마, 그렇다고 태희 씨라든지 기남이가 저 자리에 앉을수는 없잖아. 안 그래?"

"그렇긴 합니다만."

자신보다 직급이 낮은 사원이 더 넓은 책상을 사용하고 있다면 그것도 알게 모르게 약간 아니꼽게 보일 수가 있다.

부장은 그래도 사원들 중에선 톱이라 할 수 있는 위치 아니겠는가.

"구구절절 따질 필요 없이 저기는 네 자리다. 알겠지?"

"예, 알겠습니다."

조 실장의 추진력에 의해 이 부장의 자리는 먼저 정해지게되었다.

그 뒤로 사원들의 자리 배치가 이어지는 와중에, 사무실 안으로 익숙한 인물 한 명이 얼굴을 내비친다.

"어머나, 자리 배정하고 있었나 보군요. 타이밍이 좋네요."

경영지원팀에서 일하고 있던 추화연이 작은 박스를 든 채 사무실 내부로 들어오며 한 말이었다.

업무상으로 자주 총괄기획부에 들락날락했던 그녀지만, 오늘 이들을 찾아온 이유는 평소와 다르다.

상자를 내려놓은 추화연이 빙그레 미소를 지으며 총괄기획부 사원들에게 다시 한 번 자신을 소개한다.

"총괄기획부에 새로 합류하게 된 추화연이라고 해요. 다들 잘 아시겠지만, 그래도 자기소개 정도는 해야 하지 않겠어요? 앞으로 잘 부탁드려요."

짝짝짝!

반사적으로 화연에게 박수갈채가 쏟아진다.

도안의 뒤를 이어 화연 또한 총괄기획부에 합류하게 되었다.

사실 민철로서는 고민이 많았다.

화연을 곁에 끼고 회사 생활을 하는 게 도움이 될까 하고 말이다.

그러나 이번 장진석 전무 사건을 비롯해 그녀가 보여준 의외의 활약상이 제법 많았다.

그리고 언제까지 화연을 방치해 둘 수도 없는 노릇이다.

기왕이면 자신의 시야에 닿는 쪽에 배치를 해두는 편이 좋을지도 모른다.

일종의 감시라고 봐도 무방하지 않을까 싶다.

화연 또한 민철에게 총괄기획부 부서이동 제안을 받았을 때엔 자신의 능력을 인정해 줬다기보다는 민철의 손이 닿는 곳에 자신을 배치시켜 감시와 더불어 관리에 들어가겠다는 의도가 있음을 직감하고 있었다.

그렇다고 민철의 제안을 거절하기도 그런 것이, 애초에 화연의 목적은 민철의 처세술과 화술을 배우는 거였다.

고차원적 존재들 간의 파벌 싸움에서 민철의 스킬은 분명 자신에게 큰 이득이 되리라 확신하고 있었기에 인간으로 둔갑하면서까지 이 세계로 내려오게 되었다.

뽕을 뽑으려면 민철의 곁에서 그의 능력을 직접 눈으로 보고 습득하는 것이 가장 확실한 방법이다.

그래서 화연은 민철의 숨겨진 의도가 무엇인지 알면서도 짐짓 모른 척하며 그의 제안을 받아들이게 되었다.

도안을 끌어들인 것도 사실 이와 비슷한 논리다.

민철의 입장에서 보자면 화연보다 오히려 도안이 훨씬 두려운 존재이기도 하다.

기왕 같은 직장에 다니게 되었으니, 자신의 눈에 닿는 곳에 도안을 배치시켜 최대한 그에게 '이민철이란 사람은 좋은 사람이다' 라는 인식을 심어줌과 동시에 괜히 화연이 허튼 말을 도안에게 들려주지 않게끔 감시하는 차원에서 두 사람을 총괄기획부로 배치시키게 되었다.

사내 업무도 신경 써야 하고, 화연과 도안도 감시해야 한다.

'바쁜 회사 생활이 되겠군…….'

귀찮은 일일지도 모르지만, 그래도 자신의 계획에 차질이 생기지 않게 하기 위해서는 반드시 추진해야 하는 일들이었다.

"자리 배치는 어떻게 하기로 했나요?"

화연이 대뜸 민철에게 질문을 해온다.

머릿속에서 앞으로의 일들을 기획하고 있던 민철이 잠시 생각을 접어두고 화연의 질문에 대답해 준다.

"제 자리만 정해졌고, 아직 남은 분들은 정하지 않았습니다."

"그럼 전 저 자리가 좋은데… 혹시 저쪽 자리 미리 점찍어 두신 분 계신가요?"

화연이 지목한 자리는 민철과 비교적 가까운 위치에 있는 창가 쪽 자리였다.

순간 민철의 표정이 일그러지지만, 재빠르게 다시 마이페이스를 유지하며 슬쩍 웃어 보인다.

"화연 씨는 저와 붙어 있기를 상당히 좋아하시나 보군요.

하하하."

"어머, 그럼요~ 만약 민철 씨에게 결혼을 약속한 애인분이 계시지 않았다면, 제가 민철 씨의 반려자가 되었을지도 모르는걸요."

"하하하, 농담도 심하십니다."

겉으로는 웃고 있지만, 속으로는 살짝 화가 치밀어 오를 정도였다.

그래도 어찌하랴.

앞으로 이런 생활의 반복이 될지도 모른다.

화연의 이런 수위 높은 농담에는 이제 익숙해져야 한다.

민철의 유머 코드와는 잘 맞지 않는 그녀의 농담이지만, 인간은 자고로 적응하는 생물이라 했다. 적응하는 수밖에 방법이 없다.

애초에 자신이 자초한 일이기도 하다. 그렇다면 이 정도 일은 감당해 내는 것이 민철에게 부여된 작은 임무가 아닐까 싶다.

\*　　　\*　　　\*

모든 면접을 뚫고 합격한 신입들이 처음 출근하는 날.

이제는 총괄 기획부 인원이 대량으로 늘어 총 12명의 사원이 총괄기획부 명함을 달게 되었다.

"잠깐 주목해 주세요."

기존 사원들의 시선을 모은 민철이 새로 들어오게 된 신입 5명을 일렬로 줄 세웠다.

"앞으로 우리와 함께하게 된 새로운 얼굴들입니다. 한 명씩 자기소개 부탁드리겠습니다."

"예, 알겠습니다!'

가장 오른쪽에 있던 남자가 기운차게 자신을 소개하기 시작한다.

한 명씩 순차적으로 자기소개를 어어가는 신입들.

이제 이들은 앞으로 총괄기획부에 소속되어 민철과 함께 청진그룹의 새로운 세력의 중심이 되어야 한다.

본래 공채 신입들은 민철이 했던 것처럼 본사가 아닌 심곡 지점과 같은 지점에서 일을 하며 경력을 쌓은 뒤 본사에서 한 달 동안 적응 기간을 가지고 인턴 생활을 마치게 되는 것이 정석이다.

하나 이들은 대놓고 총괄기획부 소속을 목표로 뽑은 특채들이기 때문에 별도로 실습 기간을 거치지 않고 곧장 총괄기획부에서 일을 하게 되었다.

물론 인턴 과정 자체가 생략된 건 아니다.

똑같이 3개월 동안 일을 하되, 별다른 문제를 일으키지 않는다면 곧장 정직원으로 전환될 예정이다.

2차 면접 당시, 민철이 추천했던 인재들이 서진구와의 면담에서도 상당히 좋은 모습을 보여줬기에 이런 좋은 결과가 나오게 되었다.

5명의 신입들이 자기소개를 마치자, 민철이 신입들을 향해 환한 미소를 지어 보인다.

"앞으로 선임들 밑에서 많은 걸 배워가면서 회사에 도움이 될 수 있는 인재로 거듭나기를 기원합니다."

"예, 감사합니다!"

이렇게 해서 5명의 신입 사원을 추가하며 총괄기획부는 또 다른 출발에 시동을 걸게 된다.

제5장

솔로 탈출

12명으로 늘어나게 된 총괄기획부.

  갑작스럽게 늘어난 인원 탓에 초반에는 정신없는 사무실의 분위기가 연출되었지만, 그래도 한 달 정도 지나자 초기의 어수선함은 많이 사라지게 되었다.

  본래는 신입을 뽑아도 인턴 기간 내내 교육을 시켜야 할뿐더러 회사 생활에 적응하지 못하는 인턴들도 태반이다.

  하나 총괄기획부에 들어오게 된 신입들은 그 어떤 부서에 입사한 신입들보다도 훨씬 빠른 적응력을 보여줬으며, 동시에 우수한 업무 능력까지 보유하고 있었다.

이렇게까지 짧은 기간 내에 쉽사리 적응하는 건 어찌 보면 작은 기적이라 봐도 무방할 것이다.

아니, 따지고 보자면 자연스럽게 발생한 기적이 아니다.

민철이 스스로 만들어내고 계획한 기적이다.

'역시 내 눈이 틀리지 않았군.'

자신의 사람 보는 눈이 역시 아직까지 죽지 않았음을 다시금 깨닫게 된 계기가 되었다.

이미 한 달이 넘어가는 시점에서 이들은 제각각 1인분은 할 수 있는 자리까지 올라섰다.

그 정도만으로도 충분하다.

어차피 초기부터 이들에게 많은 걸 바랐던 건 아니니 말이다.

1인분만 해줘도 민철에게는 대만족이다.

물론 앞으로 시간이 지날수록 더더욱 많은 역할을 해줘야 한다.

"이 부장님."

슬쩍 민철에게 다가온 태희가 작게 질문한다.

"회의는 언제 시작할 예정이신가요?"

"아, 그러고 보니 회의가 있었군요."

총괄기획부는 늘상 일주일이 시작하는 월요일에, 그것도 가급적이면 점심시간 이전에 모든 사원이 함께 업무 회의를 진행한다.

필요에 따라 날짜가 바뀌긴 하지만, 특별한 일을 제외하곤 대게 월요일 오전에 회의를 가지곤 한다.

"11시 즈음에 회의 시작하죠."

"네, 그럼 다른 사원들에게도 그렇게 전해둘게요."

"부탁드리겠습니다."

총괄기획부 사무실 내에선 실질적으로 태희가 업무적으로 민철의 보좌를 전담하다시피 하고 있다.

원래는 가급적이면 혼자서 일처리를 진행하던 민철이었으나, 부장이 되면서 급속도로 처리해야 할 업무도 많아졌을뿐더러 신입 교육까지 직접 담당하기 시작했으니 그의 업무 처리 능력이 아무리 빠르다 하더라도 한 명 정도는 보좌를 해줄 사람이 필요하게 된 것이다.

초기에는 화연과 태희, 두 사람이 민철의 보좌 업무를 두고 경쟁을 벌였으나, 이제 막 총괄기획부로 부서 이동을 해온 화연보다 그간 민철과 많은 호흡을 맞춰온 태희가 훨씬 더 보좌 역할을 잘 수행할 것이란 의견이 많아 그녀가 민철과 함께 일을 하게 되었다.

시간이 흘러 오전 11시를 가리키자, 민철이 자리에서 일어선 뒤 목소리를 높여 사원들에게 회의 시작을 알리는 말을 들려준다.

"업무 잠시 중단하고 회의실로 모여주세요."

"예, 알겠습니다!'

기운찬 신입들의 목소리와 상반되게, 의자에서 꾸벅꾸벅 졸고 있던 조 실장이 비몽사몽한 얼굴로 벽에 걸린 시계를 바라본다.

"아… 시간이 벌써 이렇게 되었구만."

외근은 평일과 주말을 가리지 않는다.

월요일 오전임에도 불구하고 아침부터 이렇게 새우잠을 자고 있는 이유는 따로 있었다.

일요일 저녁… 아니, 월요일 새벽까지 거래처 상대방과 접대 목적의 술자리를 하느라 제대로 잠도 못 잤기 때문이다.

"으아… 죽을 맛이네."

어깨를 두드리며 피곤함을 토로하는 조 실장을 향해 마침 회의실 쪽으로 걸어가던 도안이 어색한 웃음으로 말을 건네 온다.

"많이 피곤하신 거 같습니다, 조 실장님."

"장난 아니지… 아, 그리고 보니 도안아."

"예."

"네 약손이 엄청 효과 있다며? 사람들한테 여기저기서 많이 들었다."

"하하… 별건 아니에요."

"나도 네 약손의 힘 좀 빌려줘라. 어깨가 너무 많이 뭉쳐 있어서 큰일이다."

"네, 알겠습니다."

어쩔 수 없다는 듯이 작게 웃어 보이며 조 실장의 뒤로 돌아가는 도안.

양손에 가볍게 마나의 기운을 모은 뒤 천천히 조 실장의 어깨를 마사지해 주기 시작한다.

점차적으로 뭉쳐 있던 근육이 마나를 이용한 마사지를 받기 시작하자, 서서히 풀리면서 동시에 개운함마저 선사해 준다.

가볍게 몇 번 만져 준 것만으로도 조 실장의 표정은 한결 편안해지고 있었다.

"어떻습니까, 조 실장님?"

"이야… 장난 아니네. 그 소문의 약손을 직접 체험해 보니, 사람들이 추천할 만도 하다는 생각이 들기 시작했어."

"다행이군요."

마법을 이용한 마사지인데 효과가 없을 리가 있나.

그렇게 조 실장이 도안의 마나 마사지를 받는 동안, 이제 막 회의실 안으로 입장하려던 태희가 두 사람을 향해 빨리 오라는 식으로 재촉한다.

"조 실장님, 도안 씨. 곧 회의 시작해요."

"예, 갑니다!"

도안이 목소리를 높이며 후다닥 회의실을 향해 발걸음을 재촉한다.

한편, 가볍게 목을 이리저리 돌리던 조 실장이 섭섭하다는 말투로 입을 연다.

"태희 씨, 최근에 나한테 너무 깐깐해진 거 아니야?"

"조 실장님이 너무 나태해지신 거예요."

"주말에도 외근 나갔다 온 사람에게 그런 무자비한 말을 들려주다니… 태희 씨, 많이 변했어."

"어머나, 그럴 리가요."

서로 가벼운 농담을 주고받으며 마지막으로 조 실장까지 회의실에 들어서게 된다.

기존에 민철이 담당하던 외근 업무까지 소화하느라 평일, 주말 가릴 것 없이 바깥에서 맹활약 중인 조 실장이기에 민철은 딱히 그에게 엄격한 사내 생활을 강조하진 않는다.

어떻게 보자면 자신의 개인적인 욕심으로 인해 조 실장의 업무가 더 늘어난 셈이기 때문이다.

"조금만 더 참아주세요, 조 실장님. 신입들이 정직원으로 전환되면 그때부터 다시 업무 좀 줄여 드리겠습니다."

민철이 그를 달래듯 말하지만, 조 실장은 그저 너털웃음을 지어 보인다.

"이 부장. 그런 생각 하지 말고 네가 하는 일에 집중해. 난 어차피 외근 전담이었으니까 크게 신경 쓰지 말고. 난 내가 당연히 해야 할 일을 하는 것뿐이야. 그러니까 죄책감 가질 필요 없어."

"그렇게까지 말해주신다면야… 감사합니다. 조만간 상부에 보고해서 조 실장님에게 뭔가 이익이 될 만한 게 있는지 없는지 살펴본 다음에 좋은 소식 들려 드릴 수 있게끔 해보겠습니다."

"허허, 말이라도 고마워."

고생한 만큼 그 사람에게 뭔가를 챙겨주는 것이 좋다.

채찍질만 한다면, 지금 당장은 속도가 올라갈 수 있을지도 모른다.

그러나 장기적으로 봤을 때엔, 분명 말은 지치게 되어 있다.

때로는 이렇게 당근도 던져 줘야 오랫동안 말들이 힘을 낼 수 있는 것이다.

비록 현실적으로 불가능한 일이라 하더라도 이렇게나마 '난 너를 생각하고 챙겨줄 의도가 있다' 라는 형태의 말을 해주는 것만으로도 상대방의 기분을 좋게 만들어줄 수 있다.

일종의 사탕발림일지 모르지만, 애초에 빤히 보이는 사탕발림이라도 당근 역할을 맡기엔 충분한 위력을 지니고 있다.

"자, 그럼 회의 시작해 볼까요."

일주일의 시작을 알리는 총괄기획부의 회의가 막을 열게 된다.

*　　　*　　　*

총괄기획부에서 맹활약 중인 신입 5명은 민철이 직접 고르고 골라 뽑은 인물들이다.

물론, 상오그룹에 입사한 새로운 신입들 역시 민철이 뽑은 인재들이라 할 수 있다.

"신입들은 잘 적응하고 있는 모양인가 보네요."

"네, 그런 거 같습니다."

최현수 전무가 고개를 끄덕이며 체린의 물음에 대답해 준다.

청진그룹보다는 입사 시기가 늦은 편이긴 하지만, 그래도 재목은 일찌감치 싹수가 보인다고 하지 않던가.

이미 다른 신입들에 비해 자신의 역량을 충분히 발휘하고 있는 신입들 덕분에 각 부서원들은 행복한 비명을 지르고 있었다.

이번 공채로 들어오게 된 신입들은 학벌에 얽매이지 않고 정말 잘 뽑았다는 평이 자자할 정도였다.

물론 이 신입들이 뽑히는 과정엔 민철의 노력이 스며들어가 있음을 아는 사람은 극히 적다.

그 적은 사람들의 범주 내에 들어 있는 최현수가 진심으로 감탄을 자아낸다.

"이민철이란 분은 사람 보는 눈이 정말 정확하군요. 이 늙은이도 없는 안목을 젊은 사람이 가지고 있다니 믿기지가 않습니다."

"민철 씨의 능력이야 뭐… 예전부터 알고 지내왔던 거라서 세삼 놀랄 거리도 아니에요."

체린은 누구보다도 가장 가까이에서 민철의 능력을 직접 목격해 왔다.

볼 때마다 드는 생각은 오로지 하나였다.

믿기지가 않는다.

그 정도로 민철은 발군의 능력을 보여줬다.

지금도 마찬가지.

"좋은 남자를 잡으신 거 같습니다, 부 사장님."

"저도 그렇게 생각해요."

민철과 사귀게 된 건 체린의 인생을 통틀어 가장 큰 행운이 아닐까 생각한다.

하나 아직까진 부족하다.

이제는 사귄다는 단계를 넘어서 좀 더 깊은 관계로 접어들 필요가 있다.

"식은 언제 올리실 예정입니까?"

"일단은… 두 달 뒤로 잡고 있어요."

"생각보다 그리 멀진 않군요."

"그러게요. 집도 보고 식장도 잡고 이것저것 할 게 많은데……."

한편으론 걱정되기도 한다.

민철이 워낙 바쁜 일정을 보내고 있다 보니 차마 체린으로선 그에게 따로 시간을 내달란 부탁을 하기가 쉽지 않았던 것이다.

"그래도 결혼이라는 건 정말 중요한 겁니다. 바쁘더라도 두 분께서 하나하나씩 맞춰가며 준비를 해둬야 나중에 후회 없는 부부 생활을 할 수 있을 거라 생각합니다. 회사 업무는 언제든지 다시 할 수 있지만, 결혼은 두 분의 인생에 있어서 단 한 번뿐인 특별한 행사 아니겠습니까."

"……."

곰곰이 생각에 잠기기 시작하는 체린.

최현수의 말이 맞다.

체린도 여자다. 기억에 남는 결혼식을 치르고 싶다는 건 여자들이 공통적으로 가지고 있는 기본적인 욕심 아니겠는가.

조금 이따가 민철에게 전화를 해보겠다는 생각을 굳게 품은 체린이 자신도 모르게 고개를 끄덕인다.

*       *       *

결혼이라는 건 남자에게든 여자에게든 분명 특별한 의식일 것이다.

또 다른 인생의 출발.

지금까지 혼자 걸어왔던 인생이란 이름의 길을 이제는 두 사람이 함께 나란히 손을 잡고 걸어가게 된다.

그것만으로도 결혼이라는 건 충분히 의미 있는 일이 아닐까 싶다.

일요일이 훌쩍 지난 뒤 찾아오게 된 토요일 오전.

"몇 군데 본 곳 중 하나인데… 민철 씨는 어때?"

사복 차림의 체린이 제법 넓은 평수를 자랑하는 아파트 내부를 가리키며 묻는다.

이제부터 슬슬 본격적으로 결혼 준비를 해야 한다.

그런 통보를 받게 된 민철도 계속해서 업무상의 이유로 결혼을 늦추면 안 된다고 생각했기에 그녀의 의견을 존중해 주기로 했다.

결혼이란 건 자고로 타이밍이다.

이런저런 이유로 결혼 시기를 놓치게 되면, 또 언제 타이밍이 올지 모른다.

차라리 이럴 때 결혼이라는 수단을 통해 상오그룹 내에서 자신의 위치를 견고하게 다져 두는 편이 좋다.

그렇게 판단했기에 올해가 마지막 결혼 기회라는 생각을 가지고 체린과 둘이서 살게 될 집을 구하러 다니기 시작한다.

"나쁘진 않군."

"그래?"

스마트폰 메모장 어플을 켜놓고 뭔가를 적어두기 시작한 체린이 고개를 끄덕인다.

"그럼 다른 곳도 좀 둘러보러 갈까?"

"그러는 게 좋겠군."

이 집이 마음에 든다 하더라도 더 좋은 곳이 나타날 수 있다.

그런 가능성을 염두에 둔 채 다른 집을 보기 위해 장소를 이동하기 시작한다.

\*      \*      \*

두 번째 집에 도착한 민철과 체린.

내부 인테리어를 둘러보고 있던 체린이 작게 중얼거린다.

"나쁘진 않은 거 같은데……."

체린의 중얼거림을 듣자마자 이들을 안내한 공인중개사의 얼굴에 미소가 걸린다.

"소개해 드린 물건 중에 가장 인기가 좋은 것입니다. 어떤 가요?"

"…잠시만요."

제아무리 인테리어가 마음에 든다 하더라도 실용적인 면도 고려를 해야 한다.

수도꼭지를 틀어 물이 제대로 나오는지, 가스가 새진 않는지 여러모로 확실하게 체크를 해보기 시작하는 체린.

하나하나 꼼꼼히 살펴보기 시작하는 그녀의 모습과는 달리, 민철은 다른 쪽에 시선을 두고 있었다.

"경관도 괜찮군."

높이는 15층.

주변에 고층 빌딩도 그리 많이 않았기에 탁 트인 시야 또한 장점이라 할 수도 있지 않을까 싶다.

'자고로 사는 곳이란, 주변 환경의 경치가 좋아야지. 암, 그렇고말고.'

레디너스 대륙은 이 세계처럼 자연환경이 크게 오염되지 않았다.

그러나 현재 민철이 넘어온 이 차원의 세계는 환경오염이 너무나도 심각하다.

밤만 되면 별이 보이지 않는 곳이라니.

처음 이곳에 왔을 때엔 민철은 암흑세계에 온 줄 알았다.

그러나 이유를 알고 보니 이것도 다 대기오염에서 비롯된 결과물이라는 사실을 듣게 되었다.

그 뒤부터 알게 모르게 경치를 위주로 생각하게 되었다.

물론 민철이 바라는 자연경관은 아니지만, 그래도 시야가 탁 트이고 푸른 하늘이 여과 없이 보인다는 것만으로도 충분히 만족스러운 기분을 느낀다.

"민철 씨는 어때?"

주방에서 확인할 건 다 확인하고 돌아온 체린이 슬쩍 의견을 묻는다.

"괜찮은 거 같은데."

"그럼 바로 계약할게."

상당히 쿨하게 계약 여부를 결정하는 두 사람의 말에 중개사의 얼굴에 다시 미소가 어린다.

"계약서 작성은 사무실에 돌아가서 하시죠."

"네."

중개사를 따라 다시 바깥으로 나서는 민철과 체린.

이렇게 해서 두 사람만의 신혼집이 마련되는 순간이었다.

\*　　　\*　　　\*

식장도 잡고, 새 집에 들이게 될 가구도 둘러보고.

여러모로 바쁜 주말을 보내던 두 사람에게 드디어 가장 중요한 순간이 찾아오게 되었다.

"……."

벤치에 앉은 채 누군가를 기다리고 있던 민철을 향해서 직원의 나릇나릇한 목소리가 들려온다.

"신부님 곧 나오실 거예요."

"예, 알겠습니다."

기다림도 잠시.

드르륵.

직원의 말이 끝나자마자 원형으로 꾸며진 커튼이 거둬짐과 동시에 한가운데에서 웨딩드레스 차림을 갖춰 입은 체린이 모습을 드러낸다.

잘록한 허리를 강조하는 디자인.

풍만한 가슴 계곡과 선명한 쇄골 라인이 훤히 드러나는 웨딩드레스의 모습에 민철의 시선이 고정된다.

아름답다.

그리고 예쁘다.

그런 생각만이 머릿속에 가득 찰 무렵, 체린이 살짝 수줍어하는 얼굴 표정으로 민철에게 의견을 묻는다.

"어, 어때……?"

"…훌륭하군. 너무 예뻐."

"…정말?"

"신께 맹세하지."

"……."

남자의 앞에서 웨딩드레스를 입어본 경험은 이번이 처음이다.

여자에게 있어서 웨딩드레스는 상당히 많은 의미를 담고 있는, 상징적인 복장이다.

눈부신 그녀의 아름다운 모습에 민철은 솔직히 말해서 넋을 놓을 정도였다.

레디너스 대륙을 샅샅이 찾아봐도 체린처럼 아름다운 외형을 지닌 미인은 찾아보기 힘들다.

그녀는 정말 말로 형용할 수 없을 만큼 예뻤다.

그게 민철의 본심이었다.

"드레스 마음에 드시나요?"

직원이 체린에게 다가와 의사를 묻는다.

때마침 체린의 마음에도 쏙 들 뿐만이 아니라 민철에게도 인정을 받았다.

그렇다면 결정에 망설임이 있을 이유 따윈 없지 않을까.

"네, 이 옷이 괜찮을 거 같아요."

"알겠습니다."

체린의 결정을 듣자마자 직원이 다시 커튼을 치기 시작한다.

이렇게 해서 체린이 입을 웨딩드레스까지 결정이 되는 순간이었다.

하나.

민철의 마음속에는 한 가지 걸리적거리는 무언가가 자리 잡고 있었다.

'도대체 뭘까.'

저절로 미간이 찡그려진다.

뭔가를 잊은 듯한 느낌.

아주 중요한 것을 깜빡하고 있는 것 같은 그런 압박감이 민철의 양어깨를 짓누른다.

호수만큼은 아니지만, 민철도 일반인에 비해 월등하게 기억력이 좋은 편에 속한다.

그런데도 불구하고 그가 뭔가를 깜빡하다니.

'…잘 모르겠군.'

떠오르지가 않는다.

뭔가 중요한 게 있었던 거 같기도 한데, 워낙 두루뭉술하게 떠오르니 그로서는 쉽사리 감을 잡을 수가 없었다.

업무적인 면은 분명 아니리라 생각된다.

'별거 아니겠지.'

그저 기우에 불과하다고 생각을 하며 가볍게 넘기기 시작하는 민철이었으나…….

가벼이 넘기기에는 상당히 큰 무언가가 민철을 기다리고 있었다.

*　　*　　*

"민철아, 여기다!"

손을 번쩍 든 채 자신의 위치를 알려주는 수민의 목소리를 따라 발걸음을 옮긴다.

번잡한 분위기의 어느 작은 술집 안으로 들어선 민철이 성큼성큼 걸음을 옮겨 수민과 혜진이 앉아 있는 테이블에 합석한다.

"오랜만이에요, 민철 오빠."

"그래, 잘 지냈냐."

실로 간만에 보는 혜진의 모습은 말 그대로 아리따운 처녀의 분위기를 자아내고 있었다.

대학생 때, 같이 스터디 모임을 할 때만 하더라도 마냥 여동생 같은 아이가 이제는 어엿한 아가씨가 다 되었다는 사실에 세월이라는 걸 체감한다.

오랜만에 다시 뭉치게 된 3인방.

소수대학교에 재학하던 시절, 영어 스터디 모임으로 시작했던 이들의 소모임이 오랜만에 재개된 것이다.

"그래, 소식 들었다."

수민이 맥주 한 잔을 걸치면서 민철에게 대뜸 말한다.

"너, 조만간 결혼한다며?"

"하하… 그렇게 되었습니다."

"짜식, 결국 나보다 먼저 가는구나. 아직 이 형님은 결혼은 엄두도 못 내고 있는데."

"저번에 만나셨던 여성분과는 잘되어가는 거 아니었습니까?"

"뭐… 계속 만나긴 하지만, 그래도 아직까지 결혼할 생각은 안 들더구나. 돈도 있어야 하고."

마냥 애정만 있다고 결혼이 성사되는 게 아니다.

어느 정도 자금이 뒷받침되어야 그래도 만족할 만한 신혼생활을 맞이할 수 있을 것이다.

그런 면에서 보자면 민철과 체린, 두 사람은 그래도 풍족한 결혼 준비를 할 수 있는 신분이다.

애초에 상오그룹 부사장을 맡고 있는 체린 아니겠는가. 집안 빵빵하고 자금도 풍족한데 집 걱정이니 혼수품 준비니 하는 그런 걱정 같은 건 이미 고려 대상에서 벗어난 지 오래다.

민철 또한 마찬가지다.

대기업 부장직을 차지하고 있는데 평범한 직장인보다 수입적인 면에서 훨씬 여유가 있다는 건 굳이 말하지 않아도 충분히 알 만한 사실일 것이다.

"아~ 나도 이럴 줄 알았으면 청진그룹 면접에 올인할 걸 그랬나."

수민이 너스레를 떨면서 말하지만, 그가 방금 내뱉은 이 후회가 본심이 아니란 것은 이미 민철도, 그리고 혜진도 잘 알고 있다.

자신이 하고 싶은 일을 선택한다.

그것만큼 용기 있는 행동도 찾아보긴 힘들지 않을까 싶다.

"아무튼 결혼 축하한다."

"축하해요, 오빠."

수민과 혜진이 각자 잔을 들며 건배 준비를 한다.

민철 또한 마찬가지로 자신의 앞에 놓인 맥주잔을 들며 이들에게 고마움을 표현한다.

"고맙습니다, 형님. 그리고 혜진아, 너도 고맙다."

"다른 여자한테 한눈팔지 마시구요. 만약 그런 낌새가 보인다면 체린 언니한테 바로 일러바칠 거예요."

"하하, 그래. 기억해 두마."

상오그룹에서 체린과 함께 일하고 있는 혜진이기에 허황

된 말이 아닌 충분히 가능한 이야기가 아닐까 싶다.

"그런데 말이다."

500cc 맥주 한 잔을 완벽하게 비운 수민이 장난기가 다분하게 담긴 눈빛으로 민철을 바라보며 묻는다.

"프러포즈는 어떻게 했냐?"

"프러포즈… 말입니까?"

"그래, 프러포즈. 야, 설마 제수씨가 먼저 했다는 건 아니겠지?"

"……."

"하긴, 생각해 보면 제수씨가 너보다 더 연상이니까 오히려 역으로 프러포즈를 했을 가능성도 있네."

"수민 오빠. 그건 큰 착각이에요. 체린 언니가 아무리 기가 센 여자라고 하지만, 그래도 좋아하는 남자에게 프러포즈 받고 싶어 하는 건 여자로서 당연한 마음가짐이라구요."

"이야기가 또 그렇게 되나?"

수민과 혜진이 서로 프러포즈에 대한 자신들만의 사상을 이야기하고 있을 무렵.

민철은 뒤통수를 크게 얻어맞은 듯한 표정을 지을 수밖에 없었다.

평소에도 포커페이스를 유지하는 민철이 설마 이런 벙찐 표정을 짓다니.

"민철 오빠. 무슨 일이에요?"

"…아니, 아무것도 아니다."

잔을 향해 손을 뻗는 민철.

그 모습을 지그시 응시하고 있던 수민이 설마 하는 목소리로 묻는다.

"너, 혹시 말이다."

수민의 눈빛이 날카롭게 빛난다.

"아직까지 프러포즈도 제대로 안 한 거냐?"

"……"

정곡이다.

제대로 핵심을 찌른 수민의 말 덕분에 민철의 모든 행동이 정지한다.

프러포즈를 하는 걸 깜빡했다.

'뭔가 중요한 걸 잊었다 싶었더니… 그거였군.'

레디너스 대륙에도 프러포즈란 문화는 있다.

그래서 민철도 사실상 결혼하기 전에 자신이 먼저 체린에게 프러포즈를 해야 한다는 생각 정도는 품고 있었으나…….

요즘 들어 회사 업무가 늘어난 것도 그렇고, 갑작스럽게 결혼을 추진하느라 바빠서 그랬는지 프러포즈에 대한 생각을 완전히 잊고 있었던 것이다.

게다가 체린과 결혼한다는 사실을 워낙 기정사실처럼 여

기고 있다 보니 발생하게 된 대참사가 아닐까 싶다.

"우리 민철이가 이런 실수를 하다니. 빈틈없는 녀석인 줄 알았는데, 연애에 대해서만큼은 완전 허당이구만."

수민이 혀를 차며 민철의 실수를 질책한다.

한편, 곁에서 이야기를 듣고 있던 혜진의 표정은 말 그대로 흙빛을 띠고 있었다.

"민철 오빠… 진짜 프러포즈 같은 거 안 하신 거예요?"

"…일단은 그런 거 같구나."

"청혼 비스무리한 거라도 안 하셨어요? 전혀?"

"…할 말이 없다."

"체린 언니가 무진장 실망하고 계실 텐데……."

"……."

겉으론 별다른 감정 표현을 하지 않는 체린이지만, 그래도 체린 또한 여자다.

프러포즈에 대한 환상 정도는 충분히 가지고 있으리라.

"민철아. 너, 그러다가 결혼하고 나서 부부 생활 내내 제수 씨한테 프러포즈도 안 하고 결혼했다고 투덜거리는 소리 들으면 어떻게 하려고 그러냐. 여자들의 뒤끝은 무섭다고."

"아무래도 그렇겠지요."

민철도 아주 잘 알고 있는 사실이다.

레이폰으로 활동할 당시에도 이미 결혼을 해본지라 마누

라에게 바가지 긁히는 것(?)이 어떤 기분인지는 충분히 잘 알고 있다.

특히나 다른 여자도 아니고 그 상대가 이체린이라고 한다면 얼마나 트집을 잡을까.

"우리 민철이가 정신이 없었나 보구나."

민철의 어깨를 토닥여 주던 수민이 그래도 위로하듯 걱정하지 말라고 이야기를 해준다.

"아직 결혼식 치른 것도 아니잖냐. 늦게나마 프러포즈는 해두는 게 앞으로 네 부부 생활을 편하게 보내는 지름길이라고 생각한다."

"좋은 말씀, 새겨듣도록 하겠습니다."

체린의 잔소리는 급이 다르다.

물론 아내의 잔소리에 무릎 꿇을 민철이 아니지만, 그래도 귀찮은 건 어쩔 수가 없다.

'…오늘따라 술이 땡기는군.'

제6장

프러포즈

띠리링!

문을 열자, 위에 달려 있던 작은 방울이 진동을 하면서 동시에 체린의 입장을 알려주기 시작한다.

마침 가게 오픈 준비를 서두르고 있던 서유나가 빙그레 웃으며 체린의 방문을 환영한다.

"어서 와. 조금 늦게 올 줄 알았는데 꽤 일찍 왔네?"

"의외로 차가 안 밀렸어."

"그렇다면 다행이고. 잠깐 앉아 있을래? 10분 있으면 오픈 준비 끝나니까 그때까지 얌전히 이거 마시고 있어."

유나가 내민 것은 작은 술잔이었다.

술을 미친 듯이 좋아하는 편까진 아니지만, 그렇다고 딱히 싫어하지도 않다.

이렇게 술집을 운영하는 친구와 만날 때엔 종류별로 다른 술들을 한 번씩 먹어보곤 하는 체린이었기에 이번에는 또 어떤 술인지 호기심을 가지며 카운터석에 자리를 잡는다.

앉자마자 앞에 놓인 작은 술잔을 든 채 살짝 기울이며 한 모금을 음미해 본다.

뒤끝이 없고 깔끔한 맛을 자랑하는 술의 풍미에 제법 놀란 표정을 지어 보이는 체린.

"나쁘지 않네."

"아일렌티 13년산이야. 귀한 술이니까 잘 기억해 둬."

술에 대해서는 그렇게까지 빠삭한 지식을 보유하고 있진 않다.

그러나 체린과는 다르게, 여기 바를 운영하고 있는 자신의 친구이자 마담인 서유나는 술에 대한 지식만큼은 거의 전문가 못지않을 만큼 방대한 지식을 머릿속에 저장해 두고 있다.

물론 직업이 직업이라서 그런 이유도 있었지만 애초에 이런 주류에 관해서는 일찌감치 학생 때부터 취미(?)로 삼고 있었기 때문에 굳이 마담이란 직업을 가지고 있지 않았다 하더라도 술에 대해선 정말 빠삭하게 파악하고 있었을 것이다.

"그러고 보니 네가 이 가게에 오는 건 정말 오랜만이네. 민철 씨가 심곡 지점에서 일할 때 이후로 처음인가?"

"…그럴지도 모르지."

민철의 이야기가 나오자, 체린의 표정이 미묘하게 변한다.

한때 체린은 유나와 민철이 서로 자신도 모르는 사이에 바람을 피운 건 아닐까 하는 오해도 가져 본 적이 있었다.

물론 이제 와서는 자신의 지나친 생각이었다는 걸 뼈저리게 느끼고 있었지만 말이다.

"민철 씨는 잘 지네?"

가게 문고리에 'Open' 이라 적혀 있는 팻말을 걸어둔 뒤 다시 카운터석으로 자리를 옮기던 유나가 넌지시 질문을 건넨다.

"그럭저럭."

"요즘 한창 바쁜 거 같던데. 기사로 봤어. 강오선 사건 때문에 한창 난리였었지?"

"그건 좀 지난 일이고."

"어머, 그래?"

시사, 뉴스에는 그다지 관심이 없는 유나이기에 그러려니 하고 가볍게 넘겨 버린다.

"소식 들었어."

"어떤 거?"

"너하고 민철 씨, 조만간 결혼한다며?"

"…응. 3주 후면 결혼식 올릴 거 같아."

"어머나, 정말 얼마 안 남았네. 너까지 결혼하고 나면, 이제 남은 건… 나하고 또 누구지?"

"대략 3~4명 정도 남을걸."

"나도 빨리 좋은 남자 잡아서 결혼해야겠네."

"결혼 생각도 없으면서."

"어머, 들켰어?"

유나가 혀를 살짝 내밀며 장난스런 표정을 지어 보인다.

다른 친구들과는 다르게, 유나는 체린이 말했듯이 딱히 결혼에 대한 생각은 가지고 있지 않다.

그저 자신이 운영하는 이 바와 함께 하고 싶은 일, 그리고 좋아하는 일을 즐기며 골드미스로 살아갈 각오를 일찌감치 굳혔다.

"남편이니 자식이니 하는 것들에 얽매이고 싶지 않으니까. 난 그냥 혼자서 자유롭게 사는 게 제일 좋아."

"얽매인다라……."

분명 그런 표현법도 충분히 사용할 수 있을 것이다.

가족이 생긴다는 것.

물론 사랑하는 사람, 그리고 그 사람과 함께 자식을 낳는다는 건 분명 행복한 일일지도 모른다.

하나 그것도 잠시.

행복이라는 건 평생 이어질 수 없다.

개개인에 따라 유효기간이라는 것도 존재한다.

그것이 바로 행복… 결혼 생활이 아닐까.

"난 사실 잘 모르겠어."

"결혼을 앞두고 이런저런 생각이 다 드는 모양인가 보네."

"아니, 딱히 그런 건 아니고……."

술잔을 기울이기 위해 손을 뻗는 체린이었으나, 어느새 비어버린 술잔을 목격하고 만다.

눈치 빠른 유나가 금방 또 다른 술잔을 내밀며 천천히 마시라는 식으로 충고를 던져 준다.

"좋은 술일수록 느긋하게 마시는 것이 가장 좋은 거야. 향을 충분히 음미할 시간 정도는 가지라고."

"알고 있어."

방금 전에 받은 술과 다르게, 이번에는 색이 조금 특이하게 생겼다.

아이보리색을 지니고 있는 술의 색깔에 체린의 시선이 술잔으로 고정된다.

"레미넌트 36년산이야. 네 입맛에 가장 잘 맞는 술로 골라 봤어."

"내 취향이 뭔데?"

"쓰지 않고 살짝 달달한 유를 좋아하잖아. 맞지?"

"……."

말 대신 미약하게 고개를 끄덕여 주는 것으로 유나의 물음에 대한 답변을 대신해 준다.

"마셔봐. 여자들 입맛에도 맞는 술이니까."

"고마워."

"정 고맙다고 생각한다면, 무엇 때문에 결혼식을 앞두고 그런 불안감을 가지게 되었는지나 말해줘. 궁금하니까."

"……."

체린이 유나를 찾아오는 경우라고 한다면, 대체적으로 뭔가 큰 고민을 가지고 있을 때가 많다.

이렇게 술잔을 기울이면서 이야기를 들어주는 것도 마담의 일이지만, 친구들의 고민 상담을 해주는 일도 겸해서 맡고 있다.

"그냥… 내가 한 가정의 아내이자 어머니가 된다는 사실 때문에 조금 불안해진 거 같아."

"모든 여자가 결혼식을 치르기 전에 하는 보편적인 고민이잖아."

"그렇겠지."

"내가 묻는 건 좀 더 특이한 고민거리가 있느냐 없느냐야."

잠시 할 말은 잃은 체린이 옅은 한숨을 내쉰다.

"민철 씨한테 조금 실망했어."

"어머."

유나로서는 정말 의외의 발언이었다.

전화상으로 우리 민철 씨는 어찌고저쩌고하면서 정말 좋은 사람이라는 말을 매번 들려주던 체린의 모습을 생각하면 이런 발언이 나왔다는 것 자체만으로 놀랄 만했다.

"결혼 준비에 무슨 문제가 있었어?"

"아니… 딱히 큰 문제가 있던 건 아니야. 급하게 한 것치고는 그래도 상당히 잘 해결되었다고 생각할 정도니까."

"그런데 왜?"

"……"

다시 한 번 침묵하는 체린.

말을 할까 말까 고민을 하던 와중에, 어차피 여기까지 왔으니 하고 싶은 말은 다 하는 게 좋을지도 모른다는 생각이 체린의 등을 떠민다.

하지만 그 전에.

"…미안한데, 한 잔 더 줄 수 있어?"

"잠깐만."

유나의 충고에도 불구하고 술의 풍미를 느끼기도 전에 벌써부터 2잔째를 비워 버린 체린이었다.

3잔째가 오자, 역시나 마찬가지로 일단 먼저 한 모금을 마서본다.

"이 술은……."

"네가 민철 씨에게 실망한 이유를 들려주면 어떤 술인지 말해줄게."

"……."

"말하기 곤란한 거라면 굳이 들려주지 않아도 되지만."

말은 그렇게 해도 유나는 이미 잘 알고 있었다.

타인에게 그 이유를 들려주기 곤란한 내용까지는 아니란 사실을.

만약 다른 사람에게 들려주기에 민감한 내용을 품고 있다면, 애초에 자신에게 그런 서두를 들려주지 않았을 것이다.

체린은 친구들 중에서도 자기관리 면에서 가장 철저한 아이다.

그녀가 허투루 이런 말실수를 했다고는 생각하지 않는다.

그리고 애초에 고민을 털어놓고 싶어서 일부러 유나를 찾아온 게 아니겠는가.

자고로 고민은 들어주는 것만으로도 당사자의 심적 부담을 덜어줄 수 있다.

누군가에게 자신의 고민을 털어놓는다.

사소해 보일지 모르지만, 체린이 품고 있는 이 고민을 어떻게든 들어주는 게 친구로서 해야 할 일이 아닐까 생각해 보는 유나였다.

그녀의 재촉이 통했을까.

체린의 입이 서서히 열리기 시작한다.

"…프러포즈를 안 했어."

"뭐?"

"그러니까… 나한테 프러포즈를 안 했다고."

"……."

순간 벙찐 표정을 지어 보이던 유나였으나, 이내 생각을 정리한다.

프러포즈.

확실히 여자의 입장에선 상당히 중요한 문제다.

좋아하는 남자에게 프러포즈를 받는다… 얼마나 기쁜 일일까.

하지만 불행하게도 민철이란 남자는 체린에게 이 기쁜 이벤트를 열어주지 않은 모양인가 보다.

"솔직히 말해서 결혼식 준비를 미룬 이유에는… 민철 씨가 프러포즈를 하고 난 뒤에 식을 올렸으면 하는 생각도 있었어. 그런데… 결혼식이 바로 코앞까지 오는데도 감감무소식인 거야. 그래서 어쩔 수 없이 급한 것부터 일단 해결했어. 신혼집 계약하고, 식장 잡고, 웨딩드레스도…….."

말을 하던 도중에, 자신의 신세가 초라하게 느껴진 모양인지 다시 술잔을 기울인다.

유나의 입장에서 보자면, 솔직히 말해서 체린이 너무나도 귀엽게 보일 지경이었다.

분명 프러포즈의 여부는 중요하긴 하지만, 얼음장 같던 체린이 고작 프러포즈 하나 안 했다고 이렇게 삐치는 모습을 보니 안타깝기도 하면서 동시에 사랑스럽고 귀여워 보인다.

"민철 씨가 잘못했네. 나중에 혼내줘야겠어."

"…안 돼. 민철 씨, 요즘 예민한 시기라고. 신입도 마구 늘어서 신경 써야 할 일이 한두 개가 아닌데……."

"어머나, 이것 봐라. 그래도 자기 서방님 된다고 감싸주긴 하네."

"…어쩔 수 없으니까."

"그럼 프러포즈도 바빠서 못 했다고 넘어가면 되겠네."

"그건… 양보 못 하지만……."

"아하하!"

체린이 찾아온 목적이 무엇인지에 대해 제대로 듣게 된 유나가 결국은 4번째 잔을 내민다.

"자, 오늘은 아낌없이 서비스해 줄 테니까 마음껏 마셔. 아, 방금 네가 마셨던 그 술 이름은 데스티니란 술이었어."

"말 그대로 운명이란 뜻이네."

"그러게 말이야. 뭐, 난 운명 같은 건 잘 안 믿지만."

"여하튼 고마워. 역시 친구밖에 없구나."

"나중에 결혼하더라도 그 말, 잊지 말라고."

"알고 있어."

서로 마주보며 미소를 짓는 두 미인.

그러던 찰나에, 갑자기 체린의 스마트폰이 울리기 시작한다.

"잠깐만."

통화 버튼을 터치하자, 익숙한 목소리가 들려온다.

—여보세요? 난데.

"…민철 씨?"

이 시간에 전화가 올 거라곤 생각하지 못한 모양인지 자신도 모르게 살짝 격양된 목소리로 대답한다.

—다름이 아니고, 잠깐 시간 좀 내줄 수 있나 해서.

"시간……."

슬며시 유나를 바라본다.

이제부터 친구들끼리 술 한잔을 걸치려고 생각했으나, 졸지에 민철의 호출이 흐름을 끊어버린 것이다.

통화 내용에 귀를 기울이고 있던 유나가 자신은 괜찮으니 민철과 만나라는 의미를 담은 눈빛을 보인다.

유나의 양해도 구했으니, 굳이 민철의 제안을 거절할 필요가 없어졌기에 알았다는 식으로 대답한다.

"괜찮을 거 같아."

─그럼 내가 데리러 갈게. 어디 있어?

"유나가 운영하는 술집. 잠깐 둘이서 술 마시고 있었어."

─그렇군. 내가 괜한 제안을 한 거 같은데.

"아니야. 이제 막 끝내고 집으로 가려고 했으니까 상관없어."

─그렇다면… 20분 뒤에 도착할 예정이니 시간에 맞춰서 가게 앞으로 나와 있어. 아니지, 나도 오랜만에 유나 씨한테 인사도 드릴 겸 잠시 가게에 들를게. 거기 안에 있으면 돼.

"응, 알았어."

통화를 종료하자, 유나가 빙그레 웃으며 일어선 뒤 술잔과 술병을 따로 꺼내두기 시작한다.

"손님 한 명이 더 올 거 같으니까 미리 준비해 둘게."

"…미안해. 괜히 나 때문에……."

"괜찮아, 괜찮아. 나도 오랜만에 민철 씨 얼굴 볼 수 있게 되었으니까 좋지, 뭐."

오늘 하루도 왠지 시끌벅적한 가게 분위기가 유지될 거 같다.

그런 생각이 들자, 유나가 또 다른 손님을 맞이할 준비를 서두르기 시작한다.

*　　*　　*

민철이 체린과 만나기로 하기 전.

"…후우……."

사무실 안에서 미약한 한숨을 내쉬는 민철. 그 이상 징후에 바로 근처에서 업무를 보던 화연이 안부를 묻는다.

"아침부터 뭔가 안 좋은 일이 있나 보군요, 이 부장님."

"안 좋은 일이라기보다는……."

월요일 오전부터 깊어지는 그의 한숨 소리에 조 실장도 유독 신경을 쓰고 있었다.

"뭔가 위에서 잔소리라도 듣고 왔나?"

"아니요, 딱히 그런 건 아닙니다. 업무에 관련된 일은 아니니 신경 쓰지 않으셔도 됩니다."

"업무에 관련이 없는 일인데 천하의 이 부장이 한숨을 내뱉을 정도라……."

오지랖이 넓기로 소문난 조 실장 아니겠는가.

민철이 크게 신경 쓰지 말아달라 말해도 그게 쉽사리 될 거란 기대는 하지 않는 것이 좋다.

"뭐가 있을까."

마치 사설탐정이 된 듯한 모양새로 나름 추측을 해보기 시작한다.

"누군가한테 돈을 빌려줬는데 안 갚았다든가?"

"큰 금액이 아니라면 그다지 크게 신경을 쓰진 않을 거 같습니다. 애초에 그런 건 별로 좋아하지도 않고요."

"흐음, 그렇겠지."

조 실장이 알고 있는 민철의 성격이라면, 딱히 누군가의 보증을 서준다든지 아니면 거액의 돈을 흔쾌히 빌려준다든지 하는 그런 타입은 절대로 아니다.

오답만 연속으로 들려주는 조 실장을 제치고 정확하게 정답을 맞히는 인물이 출연하게 된다.

"결혼 때문에 그러시는 건가요?"

때마침 사무실 복사기를 이용하고 있던 태희가 대뜸 핵심을 찔러온다.

역시 여자의 감이란 결코 무시할 수 없다.

"예… 비슷합니다."

민철이 마지못해 고개를 끄덕여 준다.

"역시 태희 씨. 감이 좋네."

조 실장이 태희의 감을 칭찬해 준다.

그러나 태희는 오히려 자신이 정답을 맞힌 것에 대해선 당연하다는 식으로 말을 이어간다.

"이 부장님이 고민할 일이라고는 회사 일이나 아니면 최근에 앞둔 결혼식 말고는 딱히 없을 테니까요. 그런데 회사 업무에 관련된 게 아니라면 뻔하잖아요. 결혼에 관한 거겠죠."

"생각을 해보니… 간단한 문제였네."

조금만 더 깊게 생각해 보면 금방 알 수 있는 퀴즈였다.

"하긴. 결혼을 앞둔 남자의 마음이란… 자유를 잃기 직전의 노예와도 같은 마음이겠지. 나도 그 마음 이해해, 이 부장."

"하하하……."

어색하게 웃음을 토해낸 민철이 상황을 정리하게 위해 입을 연다.

"저에 대해선 이쯤 하고, 슬슬 점심시간이니 식사들 하러 가시죠."

사적인 일에 대해선 그다지 남들에게 공연히 떠들고 싶지 않은 게 민철의 성향이기에 이야기의 화두를 다른 쪽으로 돌린다.

하나.

조 실장을 비롯해 여타 다른 총괄기획부 사원들은 민철의 이런 의도에 잘 어울려 주지 않고 있었다.

"다 같이 점심 먹으면서 계속 이야기하도록 하지. 어때, 이 부장."

"……."

부디 꼭 민철의 결혼에 관한 이야기를 상담해 주고 싶다는 의지가 조 실장의 눈빛에서 결연하게 느껴진다.

조 실장뿐만이 아니다.

민철의 일이라면 하나부터 열까지 지대한 관심을 가지고 있는 추화연과 더불어 의외로 태희까지 적극적인 모습을 보이고 있었다.

"어차피 신입들은 연수 나갔으니, 오랜만에 구 총괄기획부 멤버들끼리 뭉쳐 보자고."

"어머, 조 실장님. 그렇게 되면 저하고 도안 씨는 어떻게 되는 건가요?"

"이크… 이런 실수를. 그럼 총괄기획부 경력직들끼리 뭉쳐 봅시다!"

"좋아요."

재치 있게 말을 바꾸는 조 실장의 말이 마음에 든 모양인지 화연의 입꼬리가 미소를 그린다.

이렇게 해서 졸지에 민철의 결혼 상담을 들어주기 위한 점심 식사 파티가 구성되었다.

*     *     *

"프러포즈를… 안 했다구요?!"

근처에 위치한 어느 한식집.

민철의 상세한 고민 내역을 듣자마자 태희가 믿을 수 없다는 듯한 반응을 보여준다.

"민철 씨… 그거, 진짜인가요?"

"예, 그렇습니다."

"하아… 민철 씨, 그렇게 안 봤는데… 체린 씨가 실망 많이 했겠네요."

"면목이 없습니다."

왜 자신이 태희에게 사과를 해야 하는지 이유를 모르겠지만, 그래도 알게 모르게 자신을 죄인으로 몰아가는 이 분위기 덕분에 반사적으로 사과의 말이 튀어나온다.

한편, 김치찌개 국물과 김 가루를 첨가해 만든 비빔밥을 한 입 가득히 털어 넣은 조 실장이 너털웃음을 터뜨리며 나름 민철을 변호해 준다.

"우리 이 부장이 워낙 그간 정신이 없어서 그랬나 보지. 너무 나무라지 마, 태희 씨."

"그렇다 치더라도… 저뿐만이 아니라 여자라면 크게 실망할 문제라고 생각해요. 화연 씨도 마찬가지죠?"

"저요?"

졸지에 지목을 당한 화연이 자신을 가리킨다.

그러더니 머지않아 어색한 웃음을 지어 보이며 대답한다.

"물론이에요~ 저도 그렇게 생각하고 있었답니다. 대놓고 말을 안 했을 뿐이지, 민철 씨… 정말 나쁜 사람이네요."

'이 녀석이 진짜……'

민철의 눈이 화연을 지그시 응시한다.

화연은 인간 여성의 마음을 이해하지 못한다.

그래서 사실 프러포즈니 뭐니 하는 그런 건 전혀 염두에 두고 있지 않았다.

그저 태희의 말마따나 자신도 일단 성별상으로는 여성으로 분류되어 있으니 태희와 같이 실망한 척을 연기할 뿐이다.

물론 이 사실은 민철도 잘 알고 있다.

아마 민철의 프러포즈 사건에 대해서 실망감을 감추지 못하는 사람은 기껏해야 태희 정도밖에 없을 것이다.

조 실장은 민철이 최근 워낙 업무상으로 이것저것 신경 쓸 게 많았다는 걸 누구보다도 잘 알기에 딱히 큰 태클을 걸지 않았다.

서기남과 도안, 두 사람은 아직까지 결혼이라는 것에 대해서 자세히 알지 못하기에 철저하게 방관자의 입장을 고수하기로 한다.

현재 발언권 지분의 대다수를 차지하고 있는 태희가 다시 한 번 재차 강조하듯 말하기 시작한다.

"프러포즈는 해두는 게 좋아요. 그러다가 민철 씨, 결혼 생활 내내 체린 씨한테 볼멘소리를 들을지 모르니까요."

"잘 기억해 두겠습니다."

이미 그건 대학교 후배이기도 한 혜진에게 들어서 절실히 잘 알고 있다.

체린이 한번 불만을 가지면 보통 여자와는 다르게 어마어마한 위력을 자랑할 것이다.

기가 세고 자존심이 높은 체린이라면 그 파괴력 또한 다른 보통 여자들에 비해 몇 배는 되지 않을까.

"그런 의미로 오늘 가서 어떻게 프러포즈할지에 대해 연구하세요. 제가 드리는 숙제예요."

"하하… 알겠습니다."

회사 업무에 이어서 졸지에 태희한테 숙제까지 받게 되었다.

그렇다 하더라도 민철 또한 태희의 말을 농담으로 받아들일 생각은 추호도 없다.

자신의 결혼 생활이 편해지기 위해서라도 불안 요소는 일찌감치 없애는 편이 좋다.

'이 세계의 프러포즈 문화부터 먼저 연구해야겠군.'

차라리 회사 업무가 더 편할지도 모른다는 생각을 문득 들기 시작한 민철이었으나, 그래도 어찌하랴.

기왕 할 거, 최선을 다하는 수밖에 달리 방도가 없다.

*　　　*　　　*

유나가 운영하는 바에 도착하자마자 가게 안으로 들어서는 민철.

"어머나, 어서 와요."

"오랜만입니다, 유나 씨."

카운터에서 때마침 체린과 마주 이야기를 주고받고 있던 유나가 먼저 인사를 건넨다.

한편, 슬쩍 고개를 돌려 민철을 쳐다보는 것으로 대답을 대신하는 체린이었다.

평소와 다른 그녀의 반응에 수상함을 느낀 민철이 본능적으로 체린이 왜 이런 반응을 보이는지 유추해 내기 시작한다.

유나와 술을 주고받으며 진지하게 이야기를 하고 있는 이 분위기.

그리고 자신을 맞이하는 이 어색한 태도.

'프러포즈에 대한 상담을 하고 있었나 보군.'

민철 또한 홍보팀의 구 부장만큼이나 눈치가 빠른 편이다.

상황의 분위기나 상대방의 태도를 보는 것만으로도 대략 체린이 어떤 생각을 품고 있는지 충분히 추측이 가능하다.

두 사람의 미묘한 심리 관계를 아는지 모르는지 유나가 슬쩍 민철에게 술잔을 내민다.

"한잔하실래요?"

"아니요, 차를 끌고 와서… 술은 사양하도록 하겠습니다."

"그렇군요."

"그나저나 죄송하지만 잠시 체린을 데리고 가도 되겠습니까?"

"나를……?"

대뜸 자신을 데리고 가겠다는 말을 하는 민철 덕분에 내심 놀란 반응을 보여주는 체린이었다.

민철의 부탁을 딱히 거절할 이유는 없다는 듯 유나가 고개를 끄덕여 준다.

"네, 괜찮아요."

"죄송합니다."

"아니에요. 우리 체린이가 많이 심심해하는 거 같으니, 오늘 밤은 많이 어울려 주세요. 어차피 내일은 주말이기도 하니까요."

"하하……."

늦은 밤까지 어울려 달라.

그 말이 무슨 뜻인지 잘 알고 있는 민철이기에 그저 어색한 웃음만을 보인다.

체린 또한 얼굴을 빨갛게 물들이며 그런 말 좀 하지 말라고 자신의 친구를 질책한다.

여하튼 체린을 데리고 가게 바깥으로 나온 민철이 자연스럽게 차에 시동을 건다.

"어디로 가게?"

"도착할 때까지 비밀로 할게."

"……."

도대체 자신을 어디로 데려가려는 것일까.

현재 시각은 자정을 향해 달리고 있다.

웬만한 가게는 술집을 제외하고 문을 닫았을 상황이다.

심야 영화라도 보러 갈 생각인가.

그런 예상을 하면서 민철의 차에 몸을 맡기는 체린이었다.


이윽고 시간이 흘러 천천히 차의 속도를 줄이는 민철의 운전에 체린의 시선이 절로 차창 바깥을 향한다.

"여긴……."

"너도 잘 알 거야."

물론 민철의 말대로 체린 또한 잘 아는 장소이기도 하다.

이들이 도착한 곳은 소수대학교 정문 앞이었다.

"자, 여기서 내리자."

"여긴 도대체 왜?"

"따라와 보면 알아."

체린을 데리고 성큼성큼 대학가 근처를 거닐기 시작한다.

새벽 1시가 다 되어가는 시점에서 이들이 도착한 최종 목적지는 바로…….

머메이드 소수대학교 분점이었다.

"안으로 들어갈까?"

"문이 잠겨 있을 텐데."

"걱정 마. 여기 점장한테 미리 열쇠를 받아뒀거든."

"……."

제아무리 민철이 자신의 결혼 상대방이라 하더라도 함부로 열쇠를 빌려주다니.

나중에 쓴소리 좀 해야겠다는 추가적인 생각을 품으며 민철의 뒤를 따라 소수 지점 안으로 들어선다.

가게 안은 이미 영업이 끝난 상태이기에 아무도 없었다.

넓은 장소에 오로지 단둘.

불이 켜지자, 민철이 카운터석 근처에 위치한 테이블을 가리키며 말한다.

"저기에 앉을까."

"응……."

뭔가 이상함을 느끼며 민철이 하라는 그대로 자리에 앉는 체린.

맞은편에 앉은 민철이 쓴웃음을 지으며 서서히 입을 연다.

"여기는 우리들에게 있어서 특별한 장소이기도 하지. 기억 나?"

"…알고 있어. 민철 씨와 내가 처음 만난 곳이잖아?"

"그렇지."

체린은 점장으로, 그리고 민철은 아르바이트생으로.

"지금 생각하면… 참 웃기기도 하지. 점장과 아르바이트생이었던 우리들이 지금은 결혼을 약속하는 사이가 되었으니 말이야."

과거의 기억이 떠오른 모양인지 체린이 머쓱한 미소를 지으며 말을 이어간다.

"그때 당시는 이런 날이 올 거라곤 생각하지 못했는데……."

새록새록 떠오르는 과거의 추억에 잠겨본다.

민철이란 남자를 선택함에 있어 한 점 후회는 없다.

지금도 물론 마찬가지다.

"여기까지 왔으니… 이제 슬슬 해볼까 하는데."

"무얼?"

"잠깐 앉아 있어 봐."

그렇게 말하던 민철이 난데없이 체린을 향해 한쪽 무릎을 꿇는다.

이윽고 뭔가를 내미는데…….

바로 은색의 작은 반지였다.

"나와 결혼해 줘, 체린."

"……."

"참고로 이것은 프러포즈야."

"…푸흡!"

결국 체린이 참다못해 웃음을 터뜨린다.

"아하하하… 민철 씨, 이제 와서 프러포즈하는 거야?"

"미안해. 사실 깜빡하고 있었어. 그렇다고 마땅히 로맨틱한 프러포즈도 잘 모르겠고. 그래서 내가 해줄 수 있는 게 이거밖에 없었어. 재미없는 사람이라고 생각해도 좋아. 하지만 그래도 어떻게 하면 내 진심을 보여줄까 고민한 끝에 내린 결론이… 바로 이거야."

"정말… 바보구나, 민철 씨는."

너무 웃어서 그런 것인지, 아니면 감동 때문에 그런 것인지 알 수 없는 눈물방울이 떨어진다.

"결혼해 달란 말해준 것으로 충분했어. 내가 민철 씨에게 듣고 싶은 프러포즈는… 그것만으로도 만족했는걸."

"그런가."

"응, 그래도… 고마워. 아마 평생 기억에 남을 거야."

많이 부족할지도 모른다.

하나 그것도 괜찮다.

애초에 자신이 선택한 이 남자는 애정 표현이 많은 편이 아니니까.

오히려 그의 무뚝뚝함과 믿음직한 모습에 반해 여기까지 왔을지도 모른다.

점장과 아르바이트생에서 어느새 미래를 약속한 사이까지.

반지를 끼워주는 민철을 바라보다가 체린이 살며시 민철에게 얼굴을 가까이한다..

체린의 입술에 마주 입술을 포갠 민철이 그녀를 바라보며 작게 속삭인다.

"사랑해."

"나도… 사랑해, 민철 씨."

그렇게 오늘 저녁, 두 사람은 유나가 말해준 것처럼 서로의 사랑을 다시금 확인하는 뜨거운 밤을 함께 보내기로 한다.

제7장

정계(政界)

평소와 다를 바가 없는 평일의 총괄기획부 사무실.

그러나 오늘은 이질적인 손님 한 명이 방문을 해오고 말았
다.

똑똑.

사무실을 노크하는 소리와 함께 조금씩 열리기 시작하는
문.

슬쩍 얼굴을 들이밀던 한 사람이 머쓱한 표정으로 사무실
안에 들어오기 시작한다.

"안녕하십니까."

"안녕하세요……. 무슨 일로 오셨나요?"

태희가 자연스럽게 일어서며 총괄기획부 사무실을 찾아온 한 남자에게 방문 목적을 묻는다.

사원증을 걸고 있지 않은 것으로 보아선, 청진그룹에서 일하고 있는 근로자의 신분은 아닌 것으로 보인다.

"이민철 부장님을 찾아왔습니다만… 아직 자리에 안 계시는 모양인가 보군요."

"이 부장님이라면… 상부에 보고할 게 있으시다고 해서 잠시 자리 비우셨어요. 얼마 안 걸린다고 했으니 곧 다시 오실 거예요."

"아하, 그렇군요."

"안에 들어와서 기다리시면 돼요. 차나 커피 중에 어느 걸로 드릴까요?"

"그렇다면 염치없지만… 시원한 냉커피 좀 부탁드리겠습니다. 나이를 먹다 보니 왠지 모르게 더위를 많이 타는 거 같아서요. 하하."

"네, 알았어요."

고개를 끄덕이며 남자를 데리고 회의실 안쪽으로 안내해 주는 태희.

그러던 와중에, 새로 들어온 신입 한 명에게 넌지시 부탁을 건넨다.

"수지 씨, 미안한데 커피 한 잔만 갖다 주실래요? 차가운 걸로요."

"네!"

젊은 신입 여성 한 명이 태희의 말을 듣자마자 곧장 행동에 임한다.

한편, 회의실 안으로 안내된 남자가 손수건을 꺼내 이마에 맺힌 땀방울들을 닦아내기 시작한다.

그 모습을 보던 태희가 센스 있게 회의실 내부에 위치한 에어컨을 가동시킨다.

"조금 지나면 시원해질 거예요."

"이거 참… 고맙습니다. 이제는 여름 다 지나갔다고 생각했는데, 왜 이리 더운지 원… 저같이 더위를 많이 타는 사람은 참 큰일입니다."

"저희 사무실에도 더위를 많이 타는 분이 있어서요. 아마 비슷한 기분이실 거예요."

"하하, 왠지 모르게 동질감이 느껴지는군요."

태희의 말대로, 눈앞에 있는 남자보다도 더 많은 더위를 타는 사람이 총괄기획부 사무실 내에 존재한다.

조 실장이라고 해서… 에어컨이 없는 장소에 가면 거의 빈사 상태에 가까워질 정도로 극심하게 더위를 많이 타는 사람이기도 하다.

지금은 그나마 빵빵한 에어컨이 보장되어 있는 사무실이라서 다행이지, 외근을 나갈 때마다 미팅 상대방과의 싸움이 아닌 더위와의 싸움을 걱정할 정도였다.

"후우~"

손으로 부채질을 하던 도중, 현재 시각을 확인한 남자가 노트북 하나를 꺼낸다.

그러더니 익숙하게 자신만의 작업환경 세팅을 마친 모양인지 키보드를 두드리며 시간을 때우기 시작한다.

한편, 남자를 회의실 안에 남겨두고 다시 자신의 자리로 돌아온 태희가 혹시 몰라 슬쩍 남자의 행태를 살펴본다.

'뭐 하는 사람이지?'

민철과 연관이 있을 정도면, 분명 비범한 사람은 아니리라.

그렇게 생각하는 와중에, 드디어 기다리고 기다리던 이민철이 사무실에 모습을 드러낸다.

"이 부장님."

"예, 무슨 일이신가요?"

방금 전까지 서진구 부사장과 이런저런 이야기를 나누고 온 민철이 태희의 부름에 고개를 돌린다.

"이 부장님을 찾아오신 손님이 있어요."

"저를요?"

"예, 회의실에 계실 거예요. 조금 나이 있어 보이던 분이었는데……."

"알겠습니다. 금방 만나보겠습니다."

자신의 자리 위에 다수의 서류 뭉치들을 내려놓은 뒤 회의실 문을 열고 안으로 들어선다.

한창 노트북의 키보드를 두드리고 있던 남자가 이제야 민철의 인기척을 느낀 모양인지 얼굴에 환한 미소를 가득 품고 선뜻 악수를 건넨다.

"민철 씨! 드디어 오셨군요."

"최 기자님 아니십니까."

마주 최서인 기자의 손을 잡아준 민철이 제법 놀란 표정으로 그의 깜짝 방문에 대한 감정을 드러낸다.

사실 따로 오늘 그와 만나기로 약속을 잡은 적은 없다.

장진석 전무와 남우진, 두 사람의 행태를 외부로 최대한 뿌려달라는 부탁을 한 이후에 처음 만나는 것이니… 최소 2~3달 만에 만나는 게 아닐까 싶다.

"그간 잘 지내셨습니까?"

최 기자의 안부 인사에 민철이 어색하게 미소를 지어 보인다.

"그냥저냥 어떻게 잘 살고 있습니다."

"최근에 결혼 소식 들었습니다. 알고는 있었지만 머메이드… 아니, 이제는 달리 불러야겠군요. 상오그룹 차기 회장님과 미래를 약속하실 줄이야. 점점 제가 만나 뵙기 힘든 분으로 거듭나는군요."

"하하하, 그런 것까진 아닙니다."

체린과의 결혼 또한 이제 1주 앞으로 다가왔다.

다음 주 토요일이면 체린과 백년가약(百年佳約)을 맺게 되는 민철.

이미 대한민국 기업인이라면 두 사람의 결혼에 대해 모를 리가 없을 만큼 유명한 사건으로 떠오르는 중이다.

청진그룹에서 한경배 회장의 열렬한 신임을 얻고 있는 이민철과 상오그룹 차기 주인 자리를 차지하게 될 이체린, 두 젊은 남녀의 결혼 소식에 대한민국 경영, 경제업계는 지금 모든 촉각을 곤두세우고 있다.

"아마 대한민국 역사상 가장 영향력 있는 부부가 탄생하는 게 아닐까 싶습니다."

"과찬입니다. 그것보다도 무슨 일로 오셨는지……."

"아, 제가 너무 서두가 길었군요."

사람과 대화를 할 때에는 늘상 그렇듯 곧장 본론으로 들어가지 않는다.

날씨라든지, 혹은 최근 근황 등으로 가볍게 입가심을 한 뒤에야 메인디시로 들어가는 법 아니겠는가.

민철의 근황이란 이름의 음식으로 입가심을 했으니, 이제 슬슬 메인디시 차례로 들어가도 나쁘지 않으리라.

"별건 아닙니다만……."

무언가를 슬쩍 내미는 최서인.

그가 내민 물건이 무엇인지 확인하던 민철이 작게 읊조린다.

"USB 포트군요."

"예, 그렇습니다."

"안에 담겨 있는 건… 무슨 내용입니까?"

"나중에 보시면 아시겠지만… 제가 저번에 민철 씨로부터 한 가지 정보를 받은 적이 있지 않습니까."

최 기자가 말하는 그 정보라 함은 분명 장진석 전무에 관한 내통 사건 정보일 터이다.

"예, 그랬지요."

"일부러 의도한 건 아니지만, 장진석 전무에 관해 기사를 작성하던 도중에 재미있는 사실 하나를 발견했습니다."

"재미있는 사실?"

"예, 장진석 전무가 자신의 신분을 숨기고 회사 하나를 운영하고 있더군요."

"……!"

포커페이스를 유지하도록 노력해 보는 민철이었으나, 속으로는 적지 않게 당황할 수밖에 없었다.

장진석 전무가 운영하는 회사라니.

"물론 대표자명이라든지 그런 것에 실질적으로 장진석 전무의 이름으로 올라가 있지 않습니다. 성도 다르고 친인척 관계도 아닌 것으로 봐선 아마 장진석 전무와 교우 관계, 혹은 선후배 관계에 있는 친한 사람을 대표로 올린 것으로 추정됩니다. 아무래도 자신의 친인척을 대표자명에 올려두면, 금방 장 전무 자신과의 연관성이 있다는 걸 들킬 수 있다는 점 때문에 일부러 전혀 다른 사람을 앞세운 거 같습니다."

"회사명이 무엇입니까?"

"고청산업이라고… 아실지 모르겠습니다만."

"알고 있습니다."

민철도 이쪽 계통에서 제법 오랫동안 일을 해온 터라 몇몇 주목해야 할 기업명은 암기해 두고 있었다.

특히나 고청산업의 경우에는 청진전자의 하청업체로 일하고 있는 것으로 알고 있다.

"사이즈가 딱 나오는군요."

민철이 혀를 차며 의자에 몸을 기댄다.

청진전자에서 일하고 있던 장진석 전무.

그리고 자신의 지인을 대표로 세운 중소기업을 가지고 있다면…….

"비리의 냄새가 나는군요."

민철이 혼잣말을 내뱉는다.

감사팀에 찌를 수 있을 만한 여지가 충분한 이 불순 관계를 두고 민철의 머리가 빠르게 회전하기 시작한다.

장진석 전무는 더 이상 청진그룹과 연을 같이하는 그런 인물이 아니게 되었다.

도리어 한경배 회장에게 단단히 미움을 산 터라 만약 이 업계에 간접적으로 발이라도 담그고 있다는 사실이 알려지게 된다면, 거기에 연관되어 있는 것들은 청진그룹의 손길이 닿는 범위 내라면 거의 초토화되다시피 할 것이다.

"이 USB 안에는 장진석 전무와 고청산업의 비리에 관한 증거 자료들이 담겨 있습니다. 필요에 따라 민철 씨가 유용하게 쓰시면 됩니다."

"감사합니다. 생각지도 못한 선물을 받았군요."

"결혼 기념 선물이라고 생각해 주시면 감사하겠습니다. 하하."

장진석 전무.

민철의 입장에선 한번쯤은 고려해 볼 만한 인물이다.

이미 장진석 전무는 모든 것을 잃고 이 바닥에서 떠나 버렸다.

더 이상 다시 수면 위로 올라올 순 없을 터.

그건 물론 강오선도 마찬가지다.

하나 민철은 나중의 여지를 위해서 일부러 강오선에게 호흡이라도 유지할 수 있게끔 작은 숨구멍을 만들어줬다.

민철 덕분에 강오선은 간신히 아직까지 생명줄을 붙잡고 버티는 중이라 할 수 있다.

은혜를 입었지만, 반대로 말하자면 민철의 말대로 따르지 않는 순간, 그 작은 숨구멍조차 막힐 수 있을 가능성이 크다.

강오선을 다시 정계에 진출시켜 그쪽 방면에도 자신의 영향력을 행사하기 위한 계획을 품고 있던 민철의 생각에 한 가지 선택지가 더 늘어나게 되었다.

'…이건 충분히 잘 활용하면 좋은 먹잇감이 되겠어.'

장진석 전무를 죽이느냐, 살리느냐는 이제 민철의 손에 넘어온 것이다.

"아무쪼록 유용하게 사용해 주시면 감사하겠습니다."

"예, 알겠습니다… 아, 잠시만요."

회의실 바깥을 나서기 위해 준비를 하던 최 기자를 향해 민철이 잠깐만 기다려 달라는 식으로 그의 행동을 만류한다.

이윽고 무언가를 주섬주섬 챙겨 와 최 기자에게 건네준다.

"이건……."

"청첩장입니다."

"그렇군요. 청첩장이라… 하하, 이걸 보니 민철 씨가 유부남이 된다는 게 실감이 확 되는군요."

"그러게 말입니다."

최 기자의 입가에 미묘한 미소가 새겨지더니 이내 민철의 어깨를 가볍게 토닥여 준다.

"유부남의 세계에 오신 것을 환영합니다, 민철 씨."

"하, 하하하……."

내가 웃는 게 웃는 게 아니야.

딱 그런 문구가 민철의 머릿속에 새겨진다.

"그래도 너무 걱정하지 마시기 바랍니다. 결혼하고 나면 여우 같은 아내, 토끼 같은 자식과 함께 사는 것도 나름 재미있습니다."

"그럴까요?"

"혼자보다는 그래도 여생을 누군가와 함께 보낼 수 있다는 것만으로도 행복한 일 아니겠습니까? 물론… 그 과정이 더러 괴롭고 힘들지 모르겠지만요."

"……."

유부남의 애환이 느껴지는 한마디가 아닐까 싶다.

"아무쪼록 결혼 생활, 힘내시기 바랍니다."

"감사합니다."

병 주고 약 주는 멘트와 함께 사무실에서 자취를 감추는 최 서인 기자.

그가 굳이 결혼 생활에 대해 이것저것 말해주지 않아도 민철 또한 아주 잘 알고 있다.

이미 전생에서 결혼이라는 걸 해봤기에 유부남으로서의 고충도, 그리고 소소한 기쁨도 이미 머릿속에 추억이란 형태로 간직하고 있는 민철이다.

"결혼이라… 참으로 어렵군."

가뜩이나 얼마 전에 프러포즈 사건으로 인해서 체린에게 단단히 미움을 사나 싶었지만, 그래도 뒤늦게나마 프러포즈를 해서 체린의 기분을 풀어준 게 다행이다.

만약 그것조차 없었다면 불운한 결혼 생활을 보낼 가능성이 상당히 크지 않을까 하는 추측을 해본다.

＊　　＊　　＊

일주일 앞으로 다가온 두 사람의 결혼식.

비록 결혼식이 중요하다 하더라도 각자 본연의 업무를 내팽개칠 수도 없는 노릇이다.

민철은 총괄기획부의 사령탑을.

그리고 체린은 상오그룹의 차기 회장 자리를 예약해 둔 중요한 인재들이기 때문이다.

"하아."

옅은 한숨을 내쉬며 의자에 몸을 묻는 체린이 부쩍 길어진

머리카락을 쓸어내린다.

워낙 바쁜 나날을 보내고 있는지라 미용실조차 들르지 못했다.

게다가 오늘 하루만 놓고 봐도, 오전임에도 불구하고 벌써부터 회의의 1번에 외부 업체 미팅 1번이라는 스케줄을 소화하고 있었다.

"…갈수록 업무가 느는 거 같아… 아니, 실제로 늘었긴 하지."

요식업계에 부쩍 힘을 쏟고 있는지라 바쁜 나날을 보내고 있다는 말 자체는 부정할 수 없다.

실제로 바쁠뿐더러, 업무의 양도 예전에 비해 부쩍 늘었다.

머메이드라는 상호명을 달고 있을 때에는 커피 가게 전문 브랜드라는 이미지가 강해 그쪽에만 치중해도 사실 크게 신경을 쓸 일이 없었다.

그러나 지금은 다르다.

머메이드를 전면으로 앞세운 요식업계, 상오그룹이라는 새로운 명칭을 내걸고 산하에 각양각색의 요식업 관련 브랜드를 운영하고 있다.

한식, 일식, 중식, 심지어 도시락에 치킨 전문점, 족발, 보쌈 등등.

무리하게 확장을 한다기보다는 하나하나씩 단계별로 세력

을 확장한다는 식으로 점점 상오그룹의 영역을 넓혀가고 있다.

민철이 황고수를 비롯해 유능한 인재들을 몇 번 보충해 주긴 했지만, 그래도 역시나 인력이 부족한 건 사실이다.

공채만 하더라도 반년 동안 벌써부터 두세 번을 치렀다.

그만큼 인력난에 많이 시달리고 있다 해도 과언이 아닐 것이다.

똑똑.

가벼운 노크 소리와 함께 누군가가 체린의 사무실 문을 열고서 안으로 들어온다.

그녀의 아버지이기도 한 이승부였다.

"아빠… 아니, 회장님."

자신도 모르게 사적인 호칭이 나오고 만다.

다급히 수정해 회장님으로 부르자, 승부가 옅은 웃음을 지으며 고개를 가로저어 보인다.

"괜찮다. 둘이서 있을 때에는 회장님이라고 안 불러도 좋으니까."

"…네."

고개를 끄덕이며 승부의 말을 얌전히 받아들이기로 한다.

거대한 덩치를 이끌며 근처의 의자를 끌고 체린의 앞에 마주 앉은 승부.

그가 직접 체린의 사무실로 찾아오는 경우가 거의 없는 터라 솔직히 말해서 체린은 약간 의아함을 품을 수밖에 없었다.

"그래, 일은 잘되어가느냐?"

"예… 얼추 그럭저럭 해나가는 느낌이에요."

"그렇군."

딸의 능력은 아버지인 승부도 크게 인정하는 바이다.

젊은 여성임에도 불구하고 사업적 감각과 수완이 실로 발군이다.

승부에게는 없는 센스가 체린에게는 있다.

이체린은 그에게 있어서 자랑스러운 딸임과 동시에 우수한 부하 직원인 셈이다.

"결혼 준비는 어떻게 되어가는지 궁금하구나."

"이제 청첩장 돌리고 있으니… 식만 치르면 되요."

"허허… 그렇군. 손자를 보면 나도 이제 할아버지라 불리겠구만."

"당분간은 자식을 낳을 계획은 없어요. 저도 그렇고, 민철 씨도 그렇고 바쁘잖아요."

"그렇긴 하지. 으음……."

그에 대해서 뭔가 할 말이 있는 듯이 팔짱을 끼고서 미간을 찡그린다.

이승부의 경우에는 민철처럼 특별히 뛰어난 화술을 보유

하고 있는 편이 아니다.

엄밀히 말하자면 사업에 어울릴 만한 사람은 아니라고 할 수 있다.

그런 그가 머메이드를 시작으로 상오그룹까지. 성공의 기반을 닦을 수 있던 건 최현수와 같은 우수한 인재들 덕분이다.

능력이 출중한 인재들이 늘상 그의 주변으로 몰려든다.

이승부란 남자는 인덕(人德)이 제법 있는 편이다.

그 혼자서 상오그룹을 만들어왔다기보다는, 주변인들의 도움과 뛰어난 인재들 덕분에 이 회사를 키워 나갈 수 있게 되었다 표현해도 오답은 아닐 것이다.

대신 그는 카리스마가 있다.

좌중을 압도하는 존재감과 더불어 말 한 마디 한 마디에 무게감이 실려 있는 묵직함, 그리고 일을 추진하는 행동력과 더불어 결단력이 있다.

본인이 뛰어난 능력을 지니고 있진 않지만, 카리스마를 지니고 있기에 머메이드라는 브랜드를 여기까지 키울 수 있었다.

그게 이승부의 능력인 셈이다.

체린 또한 마찬가지다.

승부에게서 물려받은 카리스마가 있기에 확실히 상오그룹

의 중심이 되고 있었다.

모두가 체린의 능력을 인정하고, 그녀의 리더십에 따른다.

그래서 더더욱 아버지 된 입장에서, 그리고 회장의 입장에서 걱정이 되기도 한다.

혹여나 결혼식을 계기로 체린이 전선에서 물러나는 일이 발생할 수 있기 때문이다.

상오그룹은 현재 흔들리고 있는 청진그룹에 비해 중심이 되는 인물이 확실하게 존재한다.

이승부가 이번 사업에서 손을 떼게 되면, 체린에게 모든 것을 물려줄 생각을 하고 있다.

그런데 혹여나 체린이 결혼 생활을 빌미로 상오그룹의 업무와 동떨어진 생활을 계속해서 이어간다면, 두 부녀의 힘은 점차적으로 약해질 수밖에 없을 것이다.

그걸 체린도 잘 알기에 일부러 자식 계획을 뒤로 미루게 되었다.

"민철이는 결혼 이후에 어떻게 한다고 하더냐."

"민철 씨요?"

"그래. 그 녀석도 결국은 우리 쪽 일에 관여하지 않을 수가 없게 될 터인데. 아깝긴 하지만 그래도 청진그룹에서 퇴사하고 일찌감치 우리 쪽에서 일하는 편이 더 나을 거 같지 않느냐."

"그건……."

체린은 사실 민철이 앞으로 어떻게 자신의 일을 꾸려 나갈지 미리 들어서 잘 알고 있다.

그는 조만간 자신이 속해 있는 청진그룹과 체린이 가지고 있는 상오그룹, 두 그룹을 합병할 생각을 지니고 있다.

거대 자본을 보다 더 초월적인 존재로 만들어갈 계획을 지니고 있음을 일찌감치 체린에게만 공유했다.

동시에 다른 사람들에게는 자신의 이런 생각을 함부로 이야기 해주지 말라는 식으로 언질을 놓은 적이 있다.

제아무리 친아버지라 하더라도 말이다.

'…말하면 안 되겠지. 이건 민철 씨를 배신하는 일이 되니까.'

승부가 아쉽게 생각해도 어쩔 수 없다.

지금 당장은 민철의 계획을 성공적으로 끌어내야 하는 것이 최우선이다.

"민철 씨도 나름 생각을 가지고 있어요. 나중에 말해줄 기회가 있을 테니… 그때가 되면 알려 드릴게요."

"생각을 가지고 있다?"

"네……."

분명 승부라면 그 일이 무엇인지 캐물을 것이다.

딸이기에 자신의 아버지가 어떤 성격인지 잘 알고 있기 때문이다.

민철과는 이미 주고받은 이야기가 있는데, 아버지인 자신에겐 털어놓을 수 없는 계획이 있다는 것만으로도 섭섭함을 느끼지 않을 리가 없다.

특히나 외동딸인 체린을 누구보다도 아끼는 승부의 입장이라면 더더욱.

여기서부터는 믿음과 신뢰의 싸움이다.

딸을 얼마만큼 믿느냐에 따른 갈림길.

민철은 믿을 수 있을지 없을지 모르지만, 그 민철을 선택한 인물이 바로 자신의 딸이다.

이런 선택의 분기점이 올 때마다 승부가 늘상 선택해 온 방식이 있다.

"…알았다. 너를… 아니, 너희를 믿어보마."

사람을 믿는다.

그것이 바로 승부가 지니고 있는 인덕의 비결이었다.

물론 더러 배신도 많이 당해봤다.

하나 배신의 아픔은 때때로 '자신을 믿어주는 남자, 신뢰를 주는 남자, 이승부'라는 이미지를 더욱 굳건하게 만들어 부하 직원들의 존경심으로 되돌아오는 계기가 되어준 적도 있었다.

사람을 믿는다.

결코 쉽지 않은 일이다.

누구든지 할 수 있는 일이지만, 누구나 할 수 없는 일이기도 하다.

승부는 그 어려운 일을 과감하게 결정하곤 한다.

게다가 믿음의 상대가 자신의 딸이라면 생판 모르는 타인을 믿는 것보다 훨씬 더 승산이 있는 도박이 아닐까 싶다.

"고마워요, 아빠."

이제부터는 민철이 두 부녀의 믿음에 보답해 줄 차례가 왔다.

그라면 충분히 해낼 수 있을 것이다.

왜냐하면… 이체린, 그녀가 직접 선택한 남자니까.


\*            \*            \*


끼익!

사이드 브레이크로 정차를 시킨 뒤 차량에서 하차하는 민철.

"가평까지 오게 될 줄이야… 그래도 어쩔 수 없지."

혀를 차며 불만을 토로하고 싶었던 민철이지만, 자연 경관이 너무나도 아름답기에 입을 다물기로 한다.

주변에 널려 있는 수많은 펜션들.

그리고 졸졸 흐르는 계곡의 시원한 물.

참고로 휴가를 나온 건 아니다.

오늘 아침까지만 하더라도 이미 출근을 한 상태였으며, 다시 회사로 들어가 볼 예정이다.

휴양지와는 잘 어울리지 않는 정장 차림을 갖춘 채 어느 한 펜션으로 발걸음을 옮기기 시작하는 민철.

성수기도 아니고 비성수기인지라 펜션에는 그다지 많은 사람들이 보이지 않았다.

2층 구조로 되어 있는 펜션 앞에 마주선 민철이 스마트폰을 꺼내어 다시 한 번 주소를 확인해 본다.

어플상의 지도에 따르면 이곳이 맞다.

"문자로도 201호라고 했으니… 여기가 틀림없겠군."

초인종을 누르자, 안에서 낯선 여성의 목소리가 들려온다.

"네, 누구세요?"

"실례합니다. 오늘 의원님과 만나 뵙기로 한 이민철이라고 합니다만."

"그이랑요? …아, 네! 잠시만요. 문 열어드릴게요."

딸칵!

문고리가 돌아가면서 중년의 여성이 민철의 앞에 모습을 드러낸다.

"이렇게 불쑥 찾아와서 죄송합니다. 의원님께서는……."

"잠깐 계곡에 볼일이 있다고 내려가 있어요. 안내해 드릴까요?"

"아닙니다. 요 아래쪽에 계시나요? 그렇다면 제가 직접 찾아가겠습니다."

중년 여성에게 자신이 찾아온 남자의 위치를 확인한 뒤, 발걸음을 옮긴다.

펜션 단지를 빠져나와 계단을 내려간다.

휴양지로 자리매김하고 있는 터인지라 그런지 펜션 단지와 계곡을 왔다 갔다 할 수 있는 통로가 나름 잘 꾸며져 있었다.

'몸도 마음도 정화되는 곳이군.'

자연 경관을 좋아하는 민철이기에 푸른 풍경의 모습에 절로 시선을 빼앗기고 만다.

'나중에 체린이랑 같이 놀러 오면 되겠어.'

이미 여름 시기가 지나가고 있는 와중에 뒤늦게나마 휴양 계획을 세워보는 민철이었다.

그렇게 속으로 가평 계곡에 대해서 후한 평가를 내리며 걸음을 재촉하던 그의 시야에, 차가운 계곡물 안으로 발을 담근 채 홀로 시간을 보내고 있는 한 명의 남성이 들어온다.

'저 남자로군.'

사진을 통해 이미 찾고자 하는 대상자의 모습을 눈에 익혀

두었다.

틀림없이 저 사람이라 확신하며 그에게 다가간 민철이 불쑥 인사를 건넨다.

"안녕하세요, 의원님. 사전에 미리 찾아뵙겠다고 연락드렸던 이민철이라고 합니다."

"…아… 강 선배님이 말씀하셨던 그분이시로군요! 말씀 많이 들었습니다."

남자의 얼굴에 환한 미소가 새겨진다.

신오름당에 소속되어 있는 국회의원, 이한선.

강오선이 민철에게 소개시켜 준 인물이기도 하다.

"처음 뵙겠습니다. 잠깐 시간 괜찮으신지요."

"하하, 물론이죠. 일부러 이 먼 곳까지 찾아오시겠다고 들었을 때에는 설마 했었는데… 제가 괜히 귀한 시간을 빼앗은 거 같아 죄송합니다. 한창 바쁘신 분이라고 들었습니다만……."

"괜찮습니다. 의원님과 만나는 일보다 중요한 건 현재 없으니까요."

"저에게 무슨 볼일이 있으신가 보군요."

물론 민철이 자신을 찾아온다고 했을 때 무언가가 있으리라고는 얼추 눈치채고 있었다.

도대체 그가 찾아온 목적이란… 과연 무엇일까.

                    *         *         *

　제아무리 청진그룹에 다니고 있다 하더라도 겨우 사원에 불과한 민철이 눈앞에 있는 이한선 의원과 접촉할 수 있는 기회는 좀처럼 얻을 수 있는 게 아니다.

　부장직이라고 해봤자 결국은 일개 사원이니 말이다.

　그러나 이민철은 특이하다.

　이한선의 고등학교 선배이기도 한 강오선이 직접 이 만남을 추진해 줬다.

　강오선의 후광을 받고 있는 민철이라면, 한선 또한 그와의 만남을 등한시할 수도 없는 노릇이다.

　특히나 신오름당 원내 대표직을 맡았던 그라면 더더욱 말이다.

　물론 지금은 강오선의 위상이 크게 떨어진 편이지만, 그래도 한선에게 있어선 소중한 인생의 선배이기도 하다.

　"일단 좀 앉으시지요."

　"감사합니다."

　계곡 근처에 따로 접이식 의자를 내밀어주는 한선을 향해 민철이 고개를 살짝 숙이며 감사를 표한다.

　시원한 계곡물에 발을 담근 채 맞은편을 바라보던 한선이 넌지시 입을 연다.

"좋지 않습니까. 이렇게 여유롭게 시간을 보내는 것도."

"……."

"도심에 있으면 언제, 어떻게 시간을 보내는지도 모르겠습니다. 가끔은 이런 생각도 들지요. 제가 시간을 사용하고 있는 게 아니라, 시간이 오히려 저를 사용하고 있는 게 아닐까 하고 말이지요."

"그렇군요."

"시간과 돈의 꼭두각시가 된 느낌이 들곤 합니다. 만물의 영장이라 불리던 인간이… 오히려 돈과 시간이란 이름의 괴물에 먹히고 마는 꼴이 되었지요. 개인적으로 그 희생양 중 한 명이라고 생각하는 사람이 바로 강 선배라고 생각합니다."

"……."

강 선배라 함은 틀림없이 강오선을 가리키는 말일 것이다.

"안타까운 사람이지요. 예전에는 소수의 편에 서서 인권 운동도 펼쳤고, 돈 없는 가난한 사람들을 위해서 두 발로 직접 뛰어다니며 늘상 약자를 대신해 목소리를 높이시던 분이 지금은 탐욕에 물들어 오히려 본인을 도와줬던 은사에게 칼을 들이밀었습니다."

"한경배 회장님의 이야기군요."

"강 선배와 한경배 회장, 두 사람의 관계는 저도 아주 잘 알고 있습니다. 어렸을 때부터 주욱 봐왔으니까요."

지금의 강오선은 세간의 비판을 받는 속물이 되었지만, 예전에는 한선이 말했던 것처럼 소수와 약자의 편에서 그들을 대변하는 인권 변호사 역할을 자처했던 적도 있다.

지금의 강오선과는 사뭇 다른 모습이라 할 수 있었다.

"너무나도 안타깝습니다. 사람의 정신을 갉아먹는 돈이라는 게 과연 무엇인지……."

한선의 미간이 살짝 찡그려지기 시작한다.

이한선.

그는 국회의원이라는 직함을 차지하고 있는 자들 중에서도 가장 깨끗한 이미지를 지니고 있는 사람이기도 하다.

부정부패와는 일절 담을 쌓았으며, 오히려 서민을 위해 적극적으로 움직이는 정의의 사자를 자처하고 있다.

하나 이 나라 자체는 옳은 일을 하면 오히려 주변인들에게 따돌림을 받기 십상이다.

오로지 자신들의 특권을 보호하는 데에 혈안이 된 같은 의원들 사이에서도 한선은 예외적인 인물로 치부되고 있다.

신오름당 내부에서 그의 영향력은 가히 없다 해도 무방할 것이다.

하나 민철은 오히려 그런 한선을 탐내고 있었다.

"탐욕에 물든 인간은 그 어떤 괴물보다도 무섭지요."

"허허, 잘 아시는군요. 젊으신 분인데도 불구하고 그런 생각을 지니고 있다니… 부디 그 마음가짐, 계속해서 간직하셨으면 좋겠습니다."

"저뿐만이 아니라 다른 젊은이들 역시 그러기 위해서라도 의원님의 힘이 필요합니다."

민철이 아무런 이유 없이 그를 찾아오진 않았을 것이다.

물론 한선 또한 같은 생각을 품고 있었다.

"제가 찾아온 이유에 대해서… 알고 계십니까?"

직접적으로 본론에 들어가기 시작하는 민철의 서두였다.

잠시 침묵을 지키고 있던 한선이 슬쩍 민철을 응시하며 천천히 입을 뗀다.

"얼추 알고 있습니다."

"그렇다면 이야기가 빠르겠군요."

민철의 입가에 슬며시 미소가 지어진다.

그와 동시에.

한선을 대상으로 감히 상상조차 할 수 없는 엄청난 제안이 걸려온다.

"제가 의원님을 적극적으로 밀어드리겠습니다. 이 나라의 정권을 휘어잡을 수 있는 위치까지요."

"허허, 그 위치가 어디입니까?"

별생각 없이 말하는 한선이었으나, 민철의 입에는 놀랄 만한 단어가 튀어나오게 된다.

"대통령입니다."

"……!!"

이한선의 표정이 점점 경악으로 물들어간다.

＊　　　＊　　　＊

이한선과의 만남을 추진하기 전.

역시나 마찬가지로 야밤에 강오선의 저택으로 몰래 잠입에 성공한 민철이 그에게서 별도로 부탁한 자료들을 빠르게 훑어본다.

"이한선이라……."

"내가 알고 있는 지인 중 가장 청렴하고 깨끗한 친구일세."

"그렇군요."

민철 또한 이한선이란 인물은 풍문으로 들어 얼추 알고는 있었다.

의원직을 차지하고 있는 사람들 중에서 상당히 보기 드문 케이스로, 자신의 특권을 챙기기보다는 서민들을 위해 힘쓰는 의원으로 이미지를 쌓아왔다.

실재로 이한선 또한 어려운 환경 속에서 사법고시를 통과

하며 자수성가를 해온 타입이기 때문에 서민의 고통이 무엇인지, 가지지 못한 자의 고충이 어떤 것인지 아주 잘 알고 있다.

그렇다 하더라도 보통 자신의 배가 불러오기 시작하면, 어느 순간 특권층에 소속되어 있다는 특권 의식이 이성과 본능을 지배해 초심을 잃어버리게 마련이다.

그게 바로 돈에 잡아먹힌 인간, 즉 남우진과 같은 부류라 할 수 있다.

하나 이한선은 물질만능주의란 이름의 파도에도 끄떡하지 않고 굳건하게 버텨내고 있었다.

비록 같은 동료들이 그를 손가락질하고 매도한다 하더라도 말이다.

"보기 드문 분이군요."

"나도 그렇게 생각하네. 그것보다… 왜 하필이면 그런 부류의 친구를 소개해 달라고 한 것인지 잘 이해가 안 가는군."

강오선으로서는 사실 처음 민철에게 깨끗한 성품을 지니고 있는 의원을 소개해 달라 제안을 받았을 당시, 약간의 의구심을 품을 수밖에 없었다.

민철이 특정 누군가를 정계의 중심을 밀어줄 의도를 가지고 있다는 건 강오선 또한 어렴풋이 눈치를 챌 수 있었다.

그러나 그 중심의 인물이 되기 위해선 때로는 여우와 같은 간교와 기교가 필요하다.

그렇게 따지자면 이한선은 자격 미달이다.

비록 민철이 뒤에서 그를 밀어준다 하더라도, 민철이 탈세를 저질렀다 싶으면 오히려 한선은 민철의 적이 될 것이다.

다시 말해서 한선은 꼭두각시로 내세우기에 적합하지 않은 인물이란 뜻이다.

그러나 민철의 생각은 달랐다.

"오히려 이런 우직한 성품을 지니고 있는 사람이 이 나라의 정권을 잡아야 하지 않겠습니까? 그래야 저 같은 일반 서민이 편하게 살 수 있을 테니까요."

"……."

방금 그 말은 거짓말이란 것은 강오선 또한 쉽사리 눈치챌 수 있었다.

민철은 분명 무언가를 꾸미고 있다.

다른 누구도 아닌, 이한선이라는 특이한 인물을 이용해서.

그가 생각하고 있는 계획이 무엇인지 솔직히 강오선은 전혀 예측할 수가 없었다.

지금까지 민철과 알게 모르게 합동 작전을 많이 펼쳐 오긴 했지만, 그럴 때마다 민철은 늘상 남들이 생각하지 않는 역발상으로 언제나 최고의 성과를 거둬왔다.

하물며 제아무리 민철의 속내를 안다 하더라도 그가 할 수 있는 일은 없다.

더 이상 민철의 말에 거부 의사를 표현할 만한 입장이 안 된다는 뜻이기도 하다.

"더불어 강 의원님도 슬슬 다시 정계 쪽에 손을 뻗을 준비를 하셔야죠."

"내가… 말인가?"

이제는 정치인으로서 생명이 끝났다고 생각했다.

한경배 회장이라는 잠자는 사자의 코털을 건드렸기 때문이다.

호랑이에게 물리지 않은 것만 하더라도 다행으로 여기고 있지만, 이제 와서 다시 호랑이굴로 들어갈 준비를 하라니.

"물론 그렇다고 강 의원님이 표면적으로 정계에 진출하란 뜻은 아닙니다. 그저… 이한선 의원이 보다 원활하게 제가 생각하는 위치까지 도달할 수 있게끔 도와달라는 뜻입니다."

"…이한선을 도와주라니……."

"강 의원님에게도 나쁜 제안은 아닐 겁니다. 자신과 돈독한 선후배 관계를 유지하고 있는 남자가 훗날 대통령이 될지도 모르는데, 분명 강 의원님에게도 콩고물 정도는 떨어지지 않을까요?"

"…대통령이라고……?!"

자신의 손으로 대통령을 만들어낸다.

허황된 꿈일지도 모르지만…….

그렇다 하더라도 민철의 의견에 반박을 가하는 건 강오선의 입장에서 할 수 없는 노릇이다.

죽이 되든 밥이 되든 민철의 말에 따르는 수밖에 없다.

어차피 실패한다 하더라도 강오선에게는 큰 피해가 없을 것이다.

타격을 입는 건 오히려 민철이니 말이다.

그리고 혹여나, 만약에 성공을 하게 된다면 민철의 말대로 분명 자신에게 큰 이익을 가져다줄 것이다.

대통령과 긴밀한 연줄을 만들어둔다는 것 자체가 의미 있는 보상이기 때문이다.

"…내가 할 일이 뭐지?"

"간단합니다. 우선 신오름당 내부에서 이한선 의원이 차지하는 중요도와 비중의 크기를 늘려가야 합니다. 일단은 서울 시장 출마 후보 자리부터 노리도록 하죠."

"서울 시장이라……."

강오선이라면 충분히 이한선을 신오름당의 메인으로 내세울 수 있을 만한 힘과 권력을 지니고 있을 것이다.

"자금적인 면이라면 제가 아낌없이 후원을 해드리겠습니다. 그러니 그 걱정은 하지 않으셔도 됩니다."

"자네가?"

"예. 이래 봬도 돈줄은 꽤 있는 편입니다."

"……"

청진그룹 내부에선 부장직에 그치고 있지만, 상오그룹에서는 체린과 승부를 통해 충분히 자금 원조를 받을 수 있다.

강오선의 정치력과 민철의 자금력.

두 요소가 합치되면, 이한선을 밀어주기에 충분한 추진력을 발휘할 수 있을 것이다.

"하지만 그 전에 순번상으로 가장 중요한 일이 있지 않은가."

강오선이 선뜻 뭔가를 잊지 않았냐는 식으로 말을 건넨다.

"뭐죠?"

"이한선, 그 친구를 먼저 설득해야 할 터인데."

심성이 곧고 올바르기 때문에 자신을 대통령의 위치까지 적극적으로 밀어주겠다는 제안을 해오면 오히려 거부감이 들어 민철의 제안을 거절할 가능성도 크다.

하나 민철은 이미 그런 것까지 계산을 마친 상태였다.

"그 정도는 충분히 제가 커버할 수 있습니다."

답은 실로 매우 간단하다.

"세상이 썩고 썩었기에, 본인이 직접 나서지 않으면 이 나라가 바뀌지 않을 거란 점을 강조해 설득하면 됩니다."

"…부패한 정권이 이럴 때는 도움이 되는군."

"맞습니다."

도덕적인 사람이 오히려 몰매를 맞는 이 상황을 타개하려면, 이한선 본인이 초월적인 존재가 되어 약자들을 보호해 줘야 할 필요가 있다.

그 점을 이용한다면, 분명 이한선은 민철의 제안을 받아들일 것이다.

*　　　*　　　*

"그럼 잘 부탁드리겠습니다."

"…조심해서 들어가게."

"예, 감사합니다."

자신의 차량에 몸을 실은 채 유유히 펜션을 빠져나가는 민철.

한편, 민철이 사라지는 모습을 끝까지 응시하던 한선의 곁에 그의 아내가 다가와 걱정스러운 표정으로 묻는다.

"무슨 이야기를 그렇게 오랫동안 주고받았나요?"

"아무것도 아니야."

"혹시… 안 좋은 일이라든지……."

"오히려 반대야."

이한선의 입가에 의미 모를 미소가 걸리기 시작한다.

"나보고 세상을 바꿀 중심이 되어달라고 하더군."

"네……?"

"이상한 사람이었어, 하하."

의미심장한 말을 들려주며 펜션 건물 안으로 발걸음을 옮기는 이한선.

그의 아내는 여전히 영문을 모르겠다는 표정을 유지할 수밖에 없었다.

제8장

결혼식

금요일 오전.

이른 출근을 서두르게 된 민철이 빠르게 키보드를 두드리며 지금 자신이 추진 중인 계획들을 파일 하나로 정리해 보기 시작한다.

우선 체린을 필두로 한 상오그룹은 현재 요식업계에서 40~50%의 지분을 차지할 만큼 매섭게 세력을 확대해 나가는 중이다.

민철이 바라고 있는 수준까지 성장한 건 아니지만, 그건 단지 요식업계 사업에 진출한 지 얼마 안 되었기 때문이다.

시간이 조금만 더 흐르게 되면, 민철의 기대치까지는 상승하리라 믿어 의심치 않는다.

그다음은 강오선, 이한선을 내세운 정계 진출 작업.

이민철 본인이 직접 진출할 생각은 아직까진 없다.

그의 나이가 너무 어릴뿐더러, 사실상 정계에선 그리 많은 인지도를 가지고 있는 편도 아니다.

대신 민철은 마음껏 부릴 수 있는 꼭두각시인 강오선이 있다.

그리고 민철의 머릿속에 있는 거대한 정계 진출의 꿈에 가장 중요한 부품인 이한선은 조만간 민철의 계획에 가장 큰 영향을 미칠 만한 그런 인물로 자리매김하게 될 것이다.

"정치 쪽은 언제나 복잡하지만… 정권을 잡을 수 있는 방법은 시대나 차원에 따라 다르지 않다는 게 좋은 점이지."

인간의 욕망과 본능에서 비롯되는 게 바로 정치판이다.

돈 욕심, 성욕, 그리고 권력욕 등등.

그 본능을 잘 구슬릴 수만 있다면, 금세 자신도 그 자리 중 하나를 꿰찰 수 있을 것이다.

하나 지금 당장은 아니다.

강오선과 이한선, 두 체스 말로 활로를 뚫어둘 것이다.

"그다음이 바로……."

민철이 계획하는 모든 일의 근간이라 할 수 있는 청진그룹에 관해서이다.

이 부분에 대해서는 현재 민철이 생각하는 그대로 막힘없이 진행되고 있는 중이었기 때문에 굳이 큰 걱정을 할 필요가진 없다.

남성진과 남우진, 두 부자는 강오선 사건으로 인해 심대한 이미지 타격을 입게 되었다. 게다가 한경배 회장이 지니고 있던 강오선을 향한 증오심이 두 부자에게로 뱃머리를 돌린 상황이다.

굳이 민철이 스스로 나서면서 두 남씨 부자를 경계하지 않아도 한경배 회장이 알아서 전담 마크를 해줄 것이다.

또한 한경배 회장의 친애를 한 몸에 받고 있는 한예지가 자신을 대놓고 지원해 주겠다고 선언했다.

물론 외부로 공표되진 않았으나, 이미 두 사람 사이에는 그런 모종의 거래가 성사되었다.

한경배 회장과 한예지, 두 사람의 지원을 받게 되면 청진그룹 내부에서 민철이 두려워할 사람은 없다 해도 과언이 아니다.

여기까지는 일사천리라 할 수 있다.

하지만.

민철이 생각하고 있는 가장 큰 문제점이 남아 있다.

"안녕하세요, 이 부장님. 일찍 나오셨군요."

민철의 뒤를 이어 두 번째 빠른 출근을 보여주는 남자 사원 한 명이 자연스럽게 아침 인사를 건넨다.

동시에 민철 또한 자연스러운 표정으로 그의 인사를 받아준다.

"안녕하세요. 좋은 아침입니다, 도안 씨."

그렇다.

민철에게 있어서 시한폭탄이라 할 수 있는 남자.

그게 바로 도안이다.

사실 정계 진출이니, 사내 정치 싸움이니, 사업 진출이니 하는 문제 등은 민철의 능력으로 충분히 커버할 수 있는 문제들이다.

하나 도안은 다르다.

레이너 슈발츠. 레디너스 대륙에서 상당히 젊은 나이에 9클래스라는 위업을 달성한 천재 마법사.

동시에 이 마법사는 레이폰 더 데스사이드라는 인물에게 강한 증오심을 품고 있다.

마치 강오선에게 뒤통수를 제대로 가격당한 한경배 회장처럼 말이다.

현재 민철이 지니고 있는 클래스는 6단계에 불과하다.

그러나 도안은 9클래스.

무려 3단계나 차이가 난다.

이 차이는 제아무리 화술 능력이 뛰어난 민철이라 하더라도 극복하기 힘든 벽과도 마찬가지다.

지금은 판무협 작가이기도 한 수민의 도움을 빌려 MBS라는 단체를 따로 설정해 어찌어찌 자신이 레이폰이라는 진실을 숨기고 있지만……

만약 도안이 민철의 정체를 알게 되면, 곧장 도안에게 목숨을 빼앗길 수도 있다.

이런 민철의 속내를 아는지 모르는지, 아침부터 상쾌한 기분을 만끽하며 자신의 자리에 앉는 도안이 콧노래를 흥얼거리며 업무일지 작성에 들어간다.

"……"

그의 모습을 멀찌감치서 보고 있던 민철의 머릿속이 다시금 복잡해지기 시작한다.

도안의 유일한 약점이라고 한다면 바로 지나친 정의감이라 할 수 있다.

그는 레디너스 대륙에 있을 때에도, 그리고 지금도 마찬가지다.

쓸데없이 높은 정의감 때문에 쉽사리 양심의 가책을 느낄 법한 일을 저지르지 못한다.

'녀석에게 레이폰 더 데스사이드라는 인물이 결코 악한 인물만은 아니었다는 걸 이해시켜 주면 될 터인데… 아니지, 그

건 좀 힘들려나.'

도안이란 시한폭탄을 어떻게 제거할까 스스로 생각하던 민철이 곧장 방금 들었던 생각을 머릿속에서 지워 버린다.

솔직히 말해서 레이폰 더 데스사이드를 선행자로 포장하기에는 다소 무리가 있다.

레이폰이란 사람에 대해 레디너스 대륙이 내린 평가는 대략 그랬다.

희대의 달변가이자 동시에 신도 속일 수 있을 만큼 능수능란한 화술 능력을 지닌 사기꾼이라는 호칭도 꼬리말처럼 따라다녔다.

이익을 챙기기 위해선 거짓말도 서슴지 않았던 사람이 바로 레이폰이다.

그의 말 한 마디에 수천 명 이상의 목숨이 왔다 갔다 한 적도 있다.

그런 그의 모든 행동들을 과연 선행으로 포장할 수 있을까?

'…그것만큼은 자신이 없군.'

물론 불가능한 것은 아니다.

하지만 이 설득 작업을 위해 도안의 앞에서 '내가 레이폰이다'라는 정체를 밝히기에는 위험 부담이 너무 크다.

정체를 밝히는 순간, 바로 머리와 몸통이 분리될지도 모르기 때문이다.

'이 점에 대해선 다시금 생각을 해봐야겠군.'

어찌 보면 정계 쪽이나 사내 정치 같은 문제들보다 도안에 관한 게 가장 먼저 해결을 봐야 할 일이 아닐까 하는 생각도 든다.

아침부터 뇌세포들에게 많은 활동량을 강요했던 민철이 깔끔하게 생각을 정리하고 모니터에 띄워져 있는 문서 파일들을 삭제해 나가기 시작한다.

굳이 자신의 계획들을 문서 혹은 데이터로 남기고 싶지 않다.

어차피 충분히 머릿속에서 다 구상할 수 있고, 기억할 만한 여력도 된다.

그런데 굳이 어떠한 구체적인 형상으로 형태화시켰다가 괜히 다른 사람이 이 데이터를 보게 되기라도 한다면 민철의 계획에 큰 차질을 일으키게 될 것이다.

그럴 만한 사건이 발생하지 않게끔 만드는 것이 가장 중요하다.

그리고 어차피 당분간은 이런 계획들도 지금 당장 실천하기에는 무리가 있다.

왜냐하면, 내일이 바로 민철의 인생에 있어서 커다란 에피소드 하나가 서막을 알리는 날이 될 예정이기 때문이다.

"안녕하세요~ …이 부장님, 오늘 못 오시는 거 아니었나요?"

도안에 이어 세 번째로 출근길에 들어선 태희가 제법 놀란 눈으로 민철을 바라보며 묻는다.

"아침에 업무 좀 보고, 점심 먹은 뒤에 바로 퇴근할까 생각 중입니다."

"그렇군요… 너무 무리하시진 마세요. 내일 '결혼' 도 하시는 분이……."

"하하, 감사합니다."

민철에게 있어서 일생일대의 사건.

그것은 바로 체린과의 결혼이다.

오랜 연애 기간 동안 그래도 별다른 문제 없이(프러포즈 사건을 제외하고) 연인 관계를 이어가던 두 사람이 드디어 내일, 백년가약(百年佳約)을 맺게 되는 날이기도 하다.

결혼식 자체도 워낙 크게 진행될 예정인지라 준비할 것도 많다.

원래 체린과 민철은 소소하게 식을 올리려 했지만, 딸에 대한 애정이 많은 승부가 '결혼식은 남들에게 보이는 행사이기 때문에 자신의 딸에게 평생 기억에 남을 만한 의미 있는 결혼식을 보내게 하고 싶다' 는 욕심이 발동되어 결혼식으로 사용하게 될 건물 하나를 통째로 대여하게 되었다.

규모가 커진 덕분에 준비해야 할 것들도 상당수 발생하고 말았다.

체린은 오늘 출근을 포기하고 일찌감치 결혼식 준비에 매진하고 있는 상황이다.

그러나 민철은 체린과 다르게 고용인이라는 직책을 가지고 있는 터라 함부로 자신의 개인 사정을 앞세워 회사 출근을 조정할 수가 없다.

그래서 일단 오전에 얼굴이라도 비추자는 생각으로 이른 출근을 하게 된 것이다.

물론 서진구나 한경배 회장은 민철에게 굳이 출근할 필요까진 없다는 말을 해주긴 했으나, 두 사람을 제외하고도 민철을 보는 눈들이 상당히 많은 터라 그 제안은 받아들이지 않게 되었다.

한경배 회장과 서진구, 두 사람과 친분이 있다는 이유로 벌써부터 특권을 부여받는 모습을 자주 보여주게 되면 곤란하기 때문이다.

굳이 결혼식을 빌미로 타 부서 사람들의 눈총을 받을 필요는 없다.

이럴 때일수록 민철이 스스로 자기 관리에 더 힘을 쓰며 나 또한 너희들과 다를 바 없이 열심히 일하고 있다는 모습을 강조해 줘야 한다.

훗날 한경배 회장과 서진구가 뒤를 봐줘서 올라갔다느니 뭐니 하는 말이 나오지 않게 하기 위해서라도 말이다.

"아무쪼록 결혼 축하드려요. 내일 11시부터죠?"

태희가 확인 차원으로 다시금 시간을 묻는다.

"예."

"늦지 않게 도착할게요. 아, 총괄기획부는 조 실장님 제외하고 다 같이 갈 거예요. 혹시나 해서 말씀드리는 거니까 알고 계시면 될 거 같아요."

"기억해 두도록 하겠습니다."

태희의 입장에선 오묘한 감정이 들 수밖에 없었다.

한때는 자신이 정말로 좋아하던 남성 아니겠는가.

그런데 이제 와서 다른 여자와의 결혼을 축하한다는 말을 하게 되다니.

'나도 참… 아직까지 미련을 못 버려서 큰일이야.'

태희가 속으로 미약한 자괴감에 빠지기 시작한다.

처음 총괄기획부에 자리를 잡을 당시에는 그래도 어찌어찌 자신에게도 다시금 민철과 잘될 수 있는 기회가 온 게 아닐까 하는 생각도 해봤다.

하나 결국 민철이 선택한 연인은 태희가 아닌 체린이 되었다.

민철을 진심으로 좋아했기에 그의 선택 또한 존중해 줄 수밖에 없다.

그게 태희가 민철에게 해줄 수 있는 가장 큰 배려가 아닐까 싶다.

민철 또한 태희가 여전히 자신에게 관심이 있다는 걸 눈치는 채고 있었다.

그러나 굳이 태희에게 이러한 낌새를 보여주지 않는 건, 그녀가 스스로 단념을 해주길 바라는 마음에서였다.

어찌 보면 태희한테 상당히 악독한 처사를 내린 것일지도 모른다.

하지만 민철은 타인의 언행을 통해 자신의 결심을 바꾸기보다는 스스로 오랫동안 생각하고 고심을 한 끝에 결정을 내려야 오히려 후회가 남지 않는다는 걸 알고 있기에 일부러 그녀를 방치해 뒀다.

그리고 굳이 민철이 태희를 걱정해 주지 않아도, 그녀라면 충분히 좋은 남자와 만날 수 있을 것이란 믿음도 있다.

태희는 정말 괜찮은 여자다.

현명하고, 성실하면서 동시에 용기 있는 그녀.

그런 그녀가 앞으로 선택하게 될 남자 역시 분명 좋은 사람이리라 믿어 의심치 않는다.

그렇게 속으로 태희와의 관계를 정리하는 도중에, 최근 합류하게 된 신입 사원들을 포함해 기존 총괄기획부 멤버들이 사무실에 모습을 드러내며 기운차게 아침 인사를 건넨다.

"좋은 아침입니다!"

벌써부터 활기가 넘치기 시작하는 총괄기획부 사무실.

오늘도 변함없이 샐러리맨들의 기운찬 업무 활동이 발현되기 시작한다.

*　　　*　　　*

시계를 응시하던 민철이 슬쩍 이른 퇴근을 할 준비를 서두르기 시작한다.

본래는 점심 식사도 같이 하고 나서 퇴근을 하려 했지만, 아무래도 결혼식 준비 현장에 너무 늦게 도착해 버리면 체린에게 잔소리를 들을지 몰라 이렇게 조기 퇴근길을 재촉하게 되었다.

"그럼 먼저 가보겠습니다."

거의 점심시간이 다 되어갈 무렵, 민철이 총괄기획부 사원들에게 먼저 인사를 건넨다.

"잘 갔다 오세요."

"내일 봬요, 부장님!"

"결혼식 힘내라, 민철아."

조 실장을 포함해 여기저기서 응원의 메시지를 한 몸에 받게 되는 민철.

사무실 바깥을 나서며 엘리베이터에 탑승하는 순간, 예상치 못한 인물과 마주치게 된다.

"……!"

상대방도 이런 곳에서 민철과 마주칠 줄은 생각 못 했는지 살짝 움찔하는 반응을 보이지만, 이내 평정심을 되찾으며 자연스럽게 민철에게 인사를 건넨다.

"안녕하세요, 민철 씨. 벌써 퇴근하시는 건가요?"

바로 요즘 들어 여기저기서 마음고생에 시달리고 있는 남성진이었다.

겉으로 보기엔 특유의 포커페이스를 유지하며 속내를 드러내지 않고 있지만, 남우진이 한경배 회장과 전면전을 펼치기 시작하면서 졸지에 그 또한 여러모로 여파를 받고 있었다.

덕분에 마냥 회사 일에 집중할 수는 없었던 것이 그의 현상태다.

"예, 내일 결혼식이 있어서… 먼저 퇴근하게 되었습니다."

"그랬었지요. 결혼식이라……."

민철의 결혼식은 이미 사내에서도 상당한 유명세를 타고 있었다.

결혼 상대가 다른 누구도 아닌 이채린이라는 점도 크게 한 몫했다.

상오그룹 대표의 딸과 결혼을 하게 되었는데, 관심을 가지지 않을 사람이 어디 있을까.

"그러고 보니 이거, 전해 드린다는 걸 깜빡했군요."

민철이 서류 가방에서 뭔가를 주섬주섬 꺼내 든다.

그가 무엇을 꺼낼지 대략 예상하고 있었던 남성진이기에 민철이 건네는 물건을 얌전히 받아들이기로 한다.

"청첩장입니다. 원래는 미리 건네 드렸어야 했는데, 워낙 성진 씨가 바빠 보이셔서 차마 직접 따로 찾아뵐 용기가 안 나더군요."

"뒤늦게나마 받게 되어 기쁩니다."

언중유골(言中有骨)이라 했던가.

민철의 말 속에 뼈가 있다.

워낙 바쁘다는 말은, 부사장 세력이 위기에 몰려 있다는 걸 간접적으로 표현한 것일지도 모른다. 물론 민철이 성진을 대상으로 인신공격을 하기 위해 이런 말을 한 건 아닐 것이다.

그저 순수한 의미로 남성진은 정말 바쁘다.

업무 일도 있고, 한경배 회장의 공격에 방어전까지 펼쳐야 한다.

아마 민철보다도 더 바쁜 회사 생활을 보내고 있는 사람이 바로 남성진이 아닐까 싶을 정도다.

"잘 받아두겠습니다."

청첩장을 양복 안주머니에 넣어둔 성진을 향해 민철이 잊지 말라는 식으로 재차 강조한다.

"내일 꼭 와주셨으면 좋겠습니다."

"안 그래도 다른 동기들과 함께 민철 씨의 결혼식에 같이 가려고 시간을 따로 내는 중이었습니다. 그 점에 대해선 걱정하지 않으셔도 됩니다."

"고맙습니다."

청진그룹 내부에서 민철과 같은 동기 라인 사원들은 웬만하면 그의 결혼식에 가기로 합의를 본 상황이다.

성진은 동기들 중에서도 회장직을 맡고 있기 때문에 그런 점에 대해선 이미 다 체크를 마친 지 오래였다.

'역시 일처리 하나는 잘하는군.'

자신의 아버지에 관한 일들을 포함해 여러모로 정황이 없을 거라 생각해 동기들에게 이런 연락조차 하지 못할 거라 예상했던 민철이었으나, 그가 생각했던 것 이상으로 남성진은 자신의 역할을 무난하게 잘 소화하고 있었다.

이번 기회에 민철은 성진에게서 회장직의 바통을 이어받을까 하는 생각도 했었다.

하나 그러기엔 남성진이 아직까지 크게 흔들리는 모습을 보여주지 않았다.

띵!

엘리베이터가 1층에 도착했다는 신호음을 들려주자, 민철이 먼저 엘리베이터 바깥을 나선다.

"그럼 내일 뵙도록 하겠습니다."

"예. 다시 한 번 결혼 축하드립니다, 민철 씨."

"감사합니다."

그렇게 서로 상호간의 예의가 가득 담긴 대담을 마친 뒤.

주차장으로 향하는 민철의 발걸음이 서서히 빨라지기 시작한다.

"내일 결혼식은 긴장 바짝 하고 치러야겠군."

동기들 앞에서 괜히 어벙한 모습은 보일 수 없으니 말이다.

*　　　*　　　*

토요일 오전.

드디어 오늘, 민철과 체린의 결혼식이 거행되는 순간이 찾아오게 되었다.

"……."

턱시도 차림을 갖춰 입은 민철이 전신 거울 앞에 서본다.

양복은 자주 입어봤지만, 결혼식을 대비한 의상은 사실 이번이 세 번째다.

처음은 옷을 고르기 위해 샘플용 옷을, 두 번째는 웨딩 화보 촬영을 위해서.

그리고 세 번째가 바로 지금이다.

"앞으로 또 입을 기회는 없겠지."

만약 또 이런 부류의 옷을 입게 된다면, 아마 재혼을 의미하는 게 아닐까 싶다.

그런 생각이 들자, 쓴웃음을 지으며 불길한 추측을 금세 머릿속에서 지워 버린다.

오늘은 체린과 한평생을 함께하겠다는 기약을 하는 의식의 날이다.

그런데 벌써부터 가정불화를 생각하면 쓰나.

좋은 일이 있으면 거기에 관해서 좋은 생각만 품으면 된다.

괜히 쓸데없는 걱정까지 할 필요는 없다고 생각한 민철이 자신의 결혼식을 축하해 주기 위해 하나둘씩 모여드는 하객들을 맞이하기 위해 발걸음을 옮긴다.

본래대로라면 민철과 체린 커플뿐만이 아니라 같은 날에 다른 결혼식을 치르는 커플들 덕분에 인산인해를 이뤄야 정상이다.

그러나 이들은 오늘 건물을 통째로 대여했기 때문에 무수한 하객들로 인해 혼잡한 상황을 맞이할 걱정은 덜하게 되었다.

더욱이 주차장도 완벽하게 확보되어 있어서 주차 전쟁도 따로 염두에 둘 필요는 없었다.

"민철아!!"

서서히 몰려드는 하객들 사이에서 오랜만에 보는 얼굴들이 보이고 있었다.

그가 인턴으로 일했던 심곡 지점 식구들이 민철의 결혼식에 단체로 찾아온 것이다.

"지점장님! 서 과장님도 오셨군요!"

"하하하, 민철이 요 녀석!! 이 귀여운 녀석아!! 드디어 너도 유부남 딱지를 붙이게 되었구나, 축하한다!"

정말 간만에 만나는 심곡 지점 식구들이 얼굴에 화색을 띠우며 민철에게 다가온다.

술자리를 워낙 좋아하는 지점장이기에 그간 못 본 사이에 술배가 더 불쑥 튀어나온 듯한 느낌도 든다.

서 과장은 예나 지금이나 변함이 없었다. 여전히 융통성 없어 보이는 얼굴은 그대로였다.

그리고…….

"우리도 잊으면 섭하지."

"저희도 왔습니다, 민철 씨."

윤 주임과 석인까지 민철에게 인사를 건넨다.

뿐만 아니라 석인이 인턴 생활을 할 때, 같이 인턴을 해왔던 서수지와 김대한, 그리고 서비스 센터에서 일하던 오근성까지.

심곡 지점 식구들은 거의 총출동했다 해도 과언이 아니었다.

서로 그렇게 지난날을 회고하며 이야기를 하다가, 도중에서 과장이 심곡 지점 직원들을 통제하기 시작한다.

"자자, 민철이 너무 붙잡지 말고 우린 먼저 식장으로 들어갑시다."

"네!"

각자 축의금 봉투를 챙긴 뒤 식장으로 사용될 건물 안으로 들어선다.

오래만에 얼굴을 마주한 건 심곡 지점 식구들뿐만이 아니었다.

"민철아, 우리 왔다."

"구 부장님! 유 실장님도 오셨군요. 호수도 와줘서 고맙구나."

홍보팀에서 일했을 때 당시의 식구들도 잊지 않고 찾아와 줬다.

그러나 도중에 한 명의 모습이 보이지 않는다.

"대민 씨는 따로 오는 건가요?"

"아, 그 녀석?"

구 부장이 의미심장한 미소를 입에 머금으며 작게 속삭인다.

"조금 이따 올 거다. 놀라지 마라."

"……?"

"그럼 우리도 먼저 들어가 볼까. 유 실장, 호수야. 가자."

"예, 부장님."

도대체 무슨 뜻일까.

도통 감을 잡을 수 없었던 민철이었으나, 조만간 구 부장이 왜 그런 말을 했는지 깨달을 수 있었다.

"민철 씨!"

"대민 씨 오셨……?!"

순간 할 말을 잃은 민철이 믿기지 않는 시선으로 대민을 바라본다.

그의 곁에는…….

대민과 팔짱을 낀 채 걸어오는 아리따운 여성이 함께하고 있었기 때문이다.

여성의 어여쁜 외형에 놀란 것이 아니다.

민철은 그 여성의 정체를 알고 있다.

아니, 모를 리가 없다.

"서 대리님까지… 설마……!"

"하하하, 그렇게 되었습니다, 민철 씨."

대민이 어색하게 웃기 시작하자, 옆에서 그와 팔짱을 끼고 있던 서미나가 얼굴을 살짝 붉힌다.

누가 봐도 이건…….

커플 성립이다.

그간 연애 고민 상담으로 민철을 여러모로 당황시켰던 대민이 드디어 서미나와 연인 관계로 들어서게 된 것이다.

"축하드립니다, 대민 씨."

"감사합니다… 아니, 그것보다 오히려 축하받아야 할 사람이 저희에게 축하해 주는 게 무슨 상황입니까."

"하하, 그러게 말입니다."

서로 그렇게 훈훈한 축하 메시지를 교환하며 대민과 미나, 두 사람을 보내게 된 민철이었다.

그간 만나왔던 민철의 지인들뿐만이 아니라, 업무적인 관계에서 자주 만나게 된 사람들 또한 얼굴을 내비치게 된다.

가장 중요한 인사라 할 수 있는 서진구와 한예지는 이미 일찌감치 민철의 결혼식장 방문을 끝마쳤다.

최서인 기자를 포함해 돈냥 대표 주오석, 미래기업의 최만수 이사, 청진그룹에서 아부의 왕이라 불리던 서수준 실장을 비롯해 차원소 실장, 총무팀 부장인 권수곤 부장까지.

본래는 태봉도 오려 했으나, 안 좋은 일로 회사를 관뒀기 때문에 이들이 한자리에 모이는 곳에는 가급적 얼굴을 비추고 싶지 않아 민철에게 사적으로 통화를 마치는 것으로 대신하게 되었다.

많은 하객을 일일이 상대하던 민철.

　속으로 피곤함도 느껴지곤 했지만, 그래도 자신의 결혼식을 축하해 주기 위해 친히 이곳으로 온 고마운 사람들 덕분에 그 피곤함마저 훌훌 털어버릴 수 있었다.

*　　　*　　　*

　"결혼 축하한다, 민철아."

　"고맙습니다, 황 부장님."

　상오그룹에서 맹활약을 펼치고 있는 황고수와 인사를 마주한 뒤, 익숙한 인물들이 민철에게 말을 걸어온다.

　"이야, 이민철. 인물이 훤하네."

　오랫동안 민철과 연을 이어가고 있는 수민과 혜진이었다.

　"결혼식 준비는 어땠냐?"

　"죽을 맛이었지요."

　"하하, 그러냐."

　수민과 이런저런 이야기를 나누던 사이, 혜진이 대뜸 돌발적인 발언을 들려준다.

　"체린 언니 보러 가고 싶어요."

　"신부 대기실에 있을 거다."

　결혼식의 꽃이라 하면 역시 신부 아니겠는가.

체린의 웨딩드레스 차림을 조금이라도 빨리 보고 싶은 마음에 발을 동동 구르는 혜진이었다.

그 모습을 보던 수민이 어쩔 수 없다는 듯이 어색한 웃음을 선보이며 민철에게 일시적인 작별 인사를 권한다.

"그럼 우리 먼저 들어가 보마."

"결혼식, 다시 한 번 축하드려요. 오빠!"

거의 막바지에 마주치게 된 수민과 혜진, 두 사람을 들여보낸 뒤에 민철 또한 안으로 발걸음을 옮기기 위해 자리를 뜨려던 순간이었다.

"민철 씨."

그의 발걸음을 잠시나마 멈추게 한 여성, 태희가 입가에 미소를 머금은 채 다가와 그에게 다시 한 번 말을 걸어온다.

"결혼식… 정말 축하드려요."

"고맙습니다, 태희 씨."

"이것으로 저도 깔끔하게 미련 같은 건 지워야겠네요."

"……"

민철과의 이별을 선언하는 태희의 말.

그녀를 향해 무겁게 고개를 끄덕인 민철이 자신의 솔직한 심경을 드러낸다.

"태희 씨도 충분히 좋은 여자입니다. 아마 체린보다도 먼저 태희 씨를 만나게 되었다면……"

"그런 이야기는 하지 마세요. 괜히 더 미련을 가지게 될 수도 있으니까요."

"…미안합니다."

"괜찮아요. 그보다 정말 미안하시다면… 어떻게든 행복해지세요. 그게 저한테 보답할 수 있는 길이에요."

"네."

진심으로 그의 행복을 기원하는 태희의 소망에 보답을 해줘야 한다.

그렇게 결심을 굳히며 드디어 민철이 결혼식 준비를 위해 시장 안으로 들어선다.

이윽고.

모두가 기다리던 그의 결혼식이 시작된다.

"지금부터 신랑 이민철 군과 신부 이채린 양의 결혼식을 거행하겠습니다!"

짝짝짝!!

사회를 맡게 된 도안의 진행과 함께 하객들의 박수 소리가 울려 퍼진다.

* * *

도안의 힘찬 멘트와 함께 시작된 민철의 결혼식.

본래 도안 말고 민철의 주변에는 말 잘하는 이들이 많이 널려 있다.

구인성 부장이라든지, 황고수 부장 등등.

하나 사회는 가급적이면 젊고 인물이 훤칠한 사람이 맡는 게 좋지 않겠냐는 이야기가 나온 터라 민철의 선택은 결국 도안에게로 향하게 되었다.

도안이 비록 사람이 그다지 적극적이지 않고 오히려 수동적이라 할 수 있는 이미지가 강하지만, 이래 봬도 그는 레디너스 대륙에 있을 당시 9클래스를 일찌감치 마스터한 천재 마법사로서 여러 곳에서 강연을 다녔던 다년간의 경험을 지니고 있다.

다른 사람들 앞에서도 떨림 없이 무난하게 멘트를 잘 이어나갈 수 있을 거라 판단했기에 민철의 결혼식 사회 자리를 그에게 부탁한 것이다.

물론 도안도 민철의 제안을 거절할 이유가 없기에 흔쾌히 승낙을 하게 되었다.

"먼저 신랑 이민철 군, 입장해 주세요."

도안의 말에 따라 민철이 먼저 앞장서 식장 안으로 걸음을 옮긴다.

일자로 뻗어 있는 카펫 위를 성큼성큼 걸으며 앞으로 나아간다.

그의 모습에 수민뿐만이 아니라 심곡 지점 식구들, 과거에 한솥밥을 먹었던 홍보팀 일원들, 그리고 현 총괄기획부 인원들과 더불어 남성진을 포함한 청진그룹 입사 동기들이 우렁차게 환호성을 내지른다.

"민철아, 축하한다!!!"

"사랑해요 이민철! 우웃빛깔 이민철!!"

"유부남 되시는 걸 축하합니다!!"

여기저기서 민철을 축하하는 재치 있는 말들이 사정없이 날아오기 시작한다.

레이폰이 이민철이라는 남자의 몸을 차지하기 전까지만 하더라도 이민철의 인생은 그다지 사교성 있는 삶은 아니었다.

초등학교와 중학교, 고등학교, 그리고 대학교까지.

이렇다 할 친구를 두지 않았기에 그나마 대학교 때 스터디 그룹으로 친분을 유지하고 있던 수민과 혜진을 시작으로 그 이후의 사람들이 민철의 친우 자리를 대신 메꿔주고 있었다.

그렇다고 한들 딱히 주눅이 들 필요는 없었다.

그간 만들어온 소중한 인연들이 민철의 앞길을 축복해 주고 있으니 말이다.

먼저 앞장서 주례를 맡게 된 남자, 서진구 앞에 마주선다.

"축하하네."

"감사합니다, 부사장님. 그리고 이번에 주례를 맡아주신 점 또한 뭐라 감사의 말씀을 드려야 좋을지 모르겠습니다."

"허허, 아닐세. 본래대로라면 한경배 회장님이 이 자리에 서고 싶었지만, 형님께서는 워낙 거동이 불편하니… 이해해 주게."

"아닙니다. 부사장님께서 와주신 것만 하더라도 기쁘기 그지없습니다."

서로 사담을 나누는 동안, 도안의 다음 멘트가 기운차게 식장 안에 울려 퍼진다.

"다음, 신부 이체린 양! 입장해 주세요!"

드디어 결혼식의 꽃이라 할 수 있는 신부의 입장 순서가 다가오게 된다.

모두의 시선이 식장 입구를 향해 고정된다.

순백의 웨딩드레스.

투명한 베일 아래로 얼핏 보이는 아름다움은 그 무엇으로도 감출 수가 없었다.

마치 하늘에서 그대로 강림한 여신과도 같은 아우라를 자아내는 체린의 모습에 모든 사람이 순간 입을 다물고 만다.

천천히 한 걸음, 한 걸음을 떼며 민철이 서 있는 곳으로 향하는 체린.

그녀의 한쪽 손을 마주 잡은 이승부는 벌써부터 그의 풍채에 어울리지 않게 눈시울을 붉히고 있었다.

사랑하는 딸을 떠나보내는데 슬퍼하지 않을 아버지가 또 어디 있을까.

하지만 남자이기에 참아낸다.

겨우겨우 눈물을 참아내며 자신의 소중한 딸을 데리고 민철 앞에 마주 선 이승부.

"딸을… 잘 부탁하네."

"장인어른을 대신해서 반드시 체린을 행복하게 만들겠습니다."

"그래준다면야… 더 이상 바랄 게 없구만."

자신의 역할을 마친 승부가 원래의 자리로 돌아가는 사이, 체린이 수줍게 민철을 마주 바라본다.

민철 또한 아무 말 없이 체린을 그저 마주 응시해 준다.

"신랑 이민철 군과 신부 이체린 양의 결혼을 축하해 주기 위해 특별히 축가 순서를 가지도록 하겠습니다. 소개해 드리겠습니다. 이번 축가를 담당할 추화연 양입니다!"

짝짝!!

또다시 박수갈채가 이어진다.

자주색의 드레스 차림을 갖춰 입은 추화연이 하객들을 향해 가볍게 허리를 숙이며 인사한다.

아무래도 축가를 부르는 중대한 임무를 맡게 된지라, 의상이라든지 메이크업에 잔뜩 신경을 쓴 듯한 모습이다.

원래부터 원판이 워낙 예뻤지만, 이렇게 한껏 치장을 마치자 추화연은 체린 못지않은 아름다움을 자아냈다.

"이민철 부장님과 같은 부서에서 일하고 있는 추화연이라고 해요. 오늘 이 부장님을 위해 축가를 맡게 되었어요. 잘 부탁드리겠습니다."

다시 한 번 가볍게 인사를 하자, 하객들이 또 한 번 박수를 보내준다.

본래대로라면 가수를 섭외하려 했으나, 화연이 스스로 축가를 자처하게 되었다.

민철의 개인적인 소견으로는 또 그녀가 결혼식에 무슨 난동을 피울지 몰라 거절하고 싶어 했었다.

하나 고차원적 존재의 축가는 곧, 하늘에 있는 높은 자들이 인간계에 내려주는 축복의 노래와도 같다.

생각이 거기에 미치자 민철은 결국 스스로 축가를 자처하는 화연에게 그 역할을 맡기게 되었다.

물론 인지도 있는 가수의 노래를 듣는 것도 좋지만, 언제 또 고차원적 존재의 노래를 축가로 삼을 수 있겠는가.

이 속사정을 아는 건 민철밖에 없지만, 분명 그와 체린의 결혼식 축가는 그 어떠한 축하 노래보다도 성스러운 축가가 될 것이다.

반주를 맡게 된 피아니스트의 연주를 시작으로 화연이 목소리를 내기 시작한다.

심지어 마이크도 없이.

처음에는 사람들이 짐짓 놀란 표정을 지을 수밖에 없었다.

이들이 위치한 결혼식장은 다른 평범한 식장과 달리 건물 하나를 통째로 대여했기 때문에 상당히 넓다고 할 수 있다.

게다가 하객들 또한 상당히 많은 편이다.

그럼에도 불구하고 마이크 없이 노래를 한다?

노래 소리나 제대로 들릴까 하는 걱정부터 문득 들지만, 그건 머지않아 단순한 기우에 불과했다는 걸 모든 하객이 깨닫게 된다.

"아아~~"

소프라노를 연상케 하는 높고 깊은 울림이 그녀의 입에서 새어 나온다.

천상의 목소리.

이 단어가 정말로 잘 어울릴 법한 그런 노래 실력을 뽐낸다.

사실 체린은 추화연이 누군지 잘 모른다.

처음에는 같은 부서에서 일하는 여직원에게 축가를 맡긴다고 들었을 당시, 체린의 입장에선 당연히 민철의 말에 반감을 가질 수밖에 없었다.

유명 인사들도 제법 오는 이번 결혼식이다. 그런데 고작해야 일반 여사원에게 축가를 맡기는 건 그들에게 실망감을 줄 수도 있는 위험한 선택이 아닐까 싶었다.

하나 그건 체린의 크나큰 착각이었다.

이 정도로 아름다운 음색이라면, 가수가 아니라고 한들 어떠리오.

그 누구라도 귀를 기울일 수밖에 없는 환상적인 선율에 절로 몸과 마음을 맡긴다.

'역시… 뭐라고 한들, 저 녀석도 결국은 고차원적 존재의 현신이군.'

민철은 그저 속으로 쓴웃음을 지을 수밖에 없었다.

그의 주변 인물들 중에서는 도안과 더불어 가장 높은 존재감을 보유하고 있는 자가 바로 추화연이다.

애초에 그녀는 인간이 아니다.

오히려 인간을 지배하는 입장에 놓인 고차원적 존재라 할 수 있다.

그런 그녀의 축가를 듣게 될 줄이야.

'결혼 생활은 정말 행복한 길을 걷겠군.'

성대한 결혼식을 치르는 동안, 가장 기억에 남는 게 무엇이었냐 묻는다면 민철을 포함해 대다수의 하객들이 입을 모아 같은 말을 할 것이다.

바로 추화연의 축가다.

그녀의 축가가 천천히 매듭을 지으며 드디어 노래가 끝을 맞이하게 된다.

"감사합니다."

마이크가 없음에도 불구하고 엄청난 성량으로 모두의 귀를 사로잡은 여인, 추화연의 가벼운 인사와 동시에 엄청난 박수 소리가 식장을 가득 매우기 시작한다.

한편.

박수를 치는 와중에도 도안은 그녀의 노래에 의구심을 제기할 수밖에 없었다.

'음성을 증폭시키는 마법을 쓴 건가? 마이크도 없이 어떻게 저렇게나 큰 성량을… 아니, 그보다 마나의 움직임은 느껴지지 않았는데?'

MBS라는 비공식 설정 단체라는 공동 집단으로 활동하면서 가끔 추화연과 어울리는 도안이었으나, 그녀를 볼 때마다 늘상 이런 식의 궁금증을 가지곤 했다.

그녀가 사용하는 것에서는 마법이라고 부르기엔 이질적인 무언가가 느껴진다.

하나 그것이 무엇인지에 대해선 도통 속 시원하게 밝힐 수가 없다.

도대체 무엇일까.

그의 탐구심이 무의식적으로 샘솟기 시작하지만, 지금은
탐구심을 앞세울 때가 아니다.

"어흠."

헛기침으로 목소리를 가다듬은 도안이 계속해서 결혼식
식순을 진행한다.

"다음은 주례사가 있겠습니다. 주례로는 청진그룹 회장 대
리로 계신 청진건설의 서진구 부사장께서 자리를 해주셨습니
다."

아마 결혼식에 참가한 인물 중에서 한경배 회장을 제외하
고 가장 중요한 인물이 아닐까 싶다.

하객들에게 가벼이 인사를 건넨 서진구가 주례사를 시작
으로 민철과 체린, 두 젊은 커플에 대해 들려주고자 하는 말
들을 읊조리기 시작한다.

아무래도 민철에 대한 애착이 강한 탓에 자연스럽게 주례
또한 길어질 수밖에 없었다.

무엇보다도 서진구의 주례는 자신 혼자의 의도로 담당하
게 된 것이 아니다.

어디까지나 한경배 회장의 의지도 담겨 있었기에, 그의 의
사를 전하는 것까지 포함된 탓에 제법 오랜 주례 시간이 소비
되었다.

"…이상으로 마무리를 짓도록 하겠습니다."

대략 30분 정도 걸리는 주례사를 끝으로, 도안이 기다렸다는 듯이 마이크를 들고 모두가 염원하는 그것을 신랑 신부에게 지시하기 시작한다.

"그럼 신랑, 신부는 서로 영원히 사랑할 것을 맹세하며 서로 반지를 착용시켜 준 뒤에 키스를 해주시기 바랍니다!"

"오오!!"

도안의 멘트에 특히나 젊은 층에서 열렬한 환호를 보내오기 시작한다.

설마 9클래스를 달성한 천재 마법사, 도안이 저런 말을 할 줄이야.

이래서 분위기를 탄다는 건 정말 무서운 것이다. 얌전한 사람도 저렇게 저돌적으로 만들어주니 말이다.

순간 할 말을 잃은 민철이었으나, 이내 체린의 손가락에 반지를 끼워준다.

"행복하자, 체린아."

"…고마워, 민철 씨."

살짝 민철을 올려다보는 체린.

그와중에, 대민과 수민을 비롯해 여럿 젊은 청년들이 '키스해! 키스해!'를 연호하기 시작한다.

주례 자리에 위치해 있는 서진구는 그저 '요 녀석들이……'라고 말하는 듯한 시선으로 그들을 바라본다.

은근슬쩍 두 사람의 키스를 바라는 사람들도 많이 보인다.

어쩔 수 없다.

민철 또한 남자 아니겠는가.

슬머시 체린의 허리를 한 손으로 감싸며, 그녀를 품 안에 안는다.

이윽고.

"······."

서로의 입술을 포개자, 여기저기서 환호성이 터져 나온다.

두 사람의 키스.

분명 기뻐할 사람도 있을 테지만, 복잡한 기분을 느끼는 사람도 있을 것이다.

먼발치에서 민철과 체린이 키스를 나누는 모습을 지켜보던 태희가 서글픈 눈으로 그들을 바라보며 마지못해 박수를 쳐 준다.

키스를 마친 민철과 체린이 예식장 바깥에 위치한 웨딩카로 자리를 옮긴다.

"신혼여행 잘 갔다 와, 이 부장! 부서는 당분간 걱정하지 말고!"

"감사합니다, 조 실장님."

업무 걱정은 덜어놓으라며 민철을 안심시켜 주는 총괄기획부 식구들이었다.

웨딩카에 오른 민철과 체린.

운전석에 위치한 대민이 싱긋 웃어 보이며 뒷좌석에 탄 두 사람에게 묻는다.

"어디로 모실까요? 신혼부부님들."

부끄러워하는 체린을 대신해 민철이 가볍게 웃음을 보이며 대답한다.

"일단… 공항으로 갑시다. 신혼여행 가야 하니까요."

"예, 친절하게 모시겠습니다요!"

최대한 부드럽게 운전대를 돌리는 대민이 두 사람을 태우고 식장을 빠져나간다.

그렇게 민철과 체린, 두 사람은 오늘을 기점으로 부부의 연을 맺게 되었다.

제9장

부재중(不在中)

옷을 갈아입은 뒤 공항에 도착하게 된 민철과 체린.

이 두 사람은 오늘을 시작으로 대략 1주일간 신혼여행을 떠날 예정이다.

이들이 가고자 하는 곳은 바로 하와이.

워낙 바다를 좋아하는 체린이기에 멀리 타지의 맑은 바다를 보고 싶다는 욕망이 이번 신혼여행의 행선지를 결정하게 된 중요한 요인이었다.

민철은 딱히 어느 곳엘 가도 크게 신경을 쓰지 않는다는 입장을 취하고 있었기에 자연스럽게 체린의 의견이 수용되었다.

"가자마자 호텔에 가서 체크인부터 하고, 곧장 바다에 가는 편이 좋겠지?"

체린의 눈동자가 유독 반짝이기 시작한다.

평소에도 체린과 가까운 사이를 유지하고 있던 민철이지만, 오늘처럼 이렇게 들뜬 체린의 모습은 가히 처음 본다 해도 과언이 아니었다.

어린아이처럼 두근거리는 모습을 선보이며 조금이라도 빨리 하와이에 가고 싶다는 욕망을 마구 표출하는 체린.

그런 그녀와 다르게 민철은 잠시 비행기에 오르기 전에 여러모로 생각할 것들을 머릿속에서 정리한다.

'신혼여행에서 돌아오자마자 해야 할 일들이 산더미처럼 많겠군.'

정계 진출이라는 새로운 프로젝트와 더불어 최 기자한테 받은 장진석에 관한 정보까지.

그 모든 것을 활용할 수 있다면, 분명 청진그룹은 이번 기회에 자신에게 넘어올 것이다.

한경배 회장의 뒤를 이어 확실하게 후계자의 자리를 꿰차야 한다. 어차피 한예지는 자신을 밀어주기로 했으니 장애 요소가 되진 않을 터이다.

'생각을 해보자. 생각을……'

골똘히 머리를 굴리고 있을 무렵.

"민철 씨."

갑자기 체린이 그의 이마에 딱밤을 선사해 준다.

따악!

경쾌한 소리와 함께 순간 이마로부터 전해지는 통각이 민철을 마구 자극한다.

"아야!"

체린이 꽤나 손이 매운 여자라는 건 민철도 잘 알고 있지만, 설마 딱밤까지 이리도 아플 줄이야.

아니, 그보다도 왜 뜬금없이 딱밤을 날린 것일까?

"…갑자기 뭐야. 왜 그러는데."

민철이 도통 그녀의 행동을 이해할 수 없다는 식으로 강력한 항의 의사를 내비치자, 체린이 도리어 옅은 한숨을 토해낸다.

"민철 씨, 우리 지금 뭐 하려고 그러는지 알고 있어?"

"뭐 하긴… 비행기 타려고 공항에 왔잖아."

"뭣 때문에 공항까지 왔는데?"

"그거야……."

뻔하지 않은가.

굳이 대답할 가치가 있을까 하는 생각으로 순순히 정답을 들려준다.

"신혼여행을 가기 위함이지."

"맞아. 신혼여행도 여행이잖아? 쉬러 가는 길에 그렇게까지 업무에 대해서 생각할 필요가 있어? 조금은 머리를 식힐 필요도 있잖아. 가서 푹 쉬다 오면 분명 원기도 충전될 거야. 그러니까 쉴 때는 쉬고, 일할 때는 일하고. 알았지?"

"……."

체린의 말이 옳다.

비록 딱밤이라는 강제성 있는 수단으로 민철을 각성시킨 셈이지만, 그래도 그녀의 말에는 일리가 있다.

자고로 인간이란 적당히 휴식을 취하면서 일을 해야 보다 효율성이 올라가는 법이다. 그런데 쉬려고 하지도 않고 계속해서 일만 한다면 오히려 제 풀에 꺾여 쓰러질지도 모른다.

민철 또한 마찬가지다.

민철은 결코 신이 아니다.

철인도 아니며, 그저 인간에 불과하다.

비록 마법을 익히고 있는 특별한 인간이긴 하지만, 마법이 만능은 아니다.

마법이 모든 것을 해결해 주는 권능과도 같았다면, 애초에 이렇게까지 머리를 굴리며 치밀한 계획을 구상할 필요도 없을 것이다.

그저 마법 한 번이면 모든 것이 해결될 테니 말이다.

그래서 결국 체린이 하고자 하는 말이 여기에 적용된다.

쉴 땐 쉬어라.

그리고 일할 땐 일하라.

그래야 인생이란 이름의 장기 레이스에서 지치지 않고 계속해서 일정한 페이스를 유지하며 앞으로 달려 나갈 수 있는 것이다.

눈앞에 놓여 있는 지금 당장의 일만 바라보지 말고, 결승점을 봐야 한다.

어차피 자신에게 주어진 체력과 능력은 한계가 있으니까.

"…고마워. 덕분에 정신을 좀 차릴 수 있게 되었군."

"이제부터는 민철 씨 아내니까. 이런 것 정도는 자주 해줄게."

"하하, 좋긴 한데… 딱밤 말고 다른 수단으로 바꿔주면 안 될까?"

비록 체린의 말이 설득력이 있다 하더라도 역시 폭력은 삼가는 편이 좋을 듯하다.

민철도 남자로서 자존심이 있다.

딱밤에 불과할지라도 매 맞는 남편은 되고 싶지 않으니까 말이다.

\*       \*       \*

민철이 신혼여행을 떠난 이후 맞이하는 첫 번째 평일.

"좋은 아침~"

이른 시간부터 출근길을 서두른 조 실장이 미리 출근해 사무실에 앉아 있던 도안과 태희에게 아침 인사를 건네준다.

"어머, 조 실장님. 오늘은 무슨 일로 이렇게 일찍 출근하셨어요?"

오늘은 해가 서쪽에서 뜬 게 아니냐는 식으로 묻는 태희를 향해 조 실장이 멋쩍은 듯 웃어 보인다.

"태희 씨. 누가 들으면 내가 맨날 정시 출근 안 하는 사람처럼 보겠어."

"매일은 아니지만, 그래도 출근 시간을 자주 어기곤 하시잖아요."

"아침부터 정곡을 찌르는구만."

사실이기에 딱히 뭐라 부정도 못 한다.

조 실장은 주로 총괄기획부 내에서 외근을 담당하고 있기에 새벽 늦게까지 술자리에 어울리는 일이 허다하다.

민철이 조 실장의 업무를 분담해 자주 외근 일을 대신 맡아주곤 하지만, 그래도 민철은 실무까지 책임을 져야 하는 부장직을 맡고 있다.

사무실에 남아서 중심이 되어줘야 할 인물이 너무 바깥을 싸돌아다니면 그것도 모양새가 나지 않기 때문에 가급적이면 조 실장의 능력이 닿는 한 외근 업무는 그의 선에서 해결을 보고 있다. 그리고 서진구와 약속한 그대로, 신입들은 당분간 민철이 직접 교육을 시켜주기로 했다.

그 전제하에서 이번 기회에 신입들을 대거 영입할 수 있었던 것이다.

물론 민철이 직접 교육한 그 효과는 벌써부터 나타나고 있었다. 이번에 새로 들어오게 된 신입들은 일찌감치 타 부서가 탐을 낼 만큼 뛰어난 역량을 보여주기 시작했다.

민철의 신입 교육이 뛰어난 면도 있지만, 동시에 업무를 잘 소화할 수 있는 맞춤형 인재를 골라 뽑은 것도 제대로 한몫을 하는 중이다.

결국 민철은 총괄기획부의 거의 모든 것을 담당하고 있는 중요 인사라 할 수 있다.

하지만 그 중요한 인물이 신혼여행을 떠나 버렸다.

업무상의 핑계를 들어 신혼여행을 가지 말라고 붙잡을 수도 없는 노릇 아닌가.

어쩔 수 없이 그를 보내주긴 해야 되고, 그렇다고 총괄기획부 업무도 소홀하게 할 수도 없다.

총괄기획부는 지금이 가장 중요한 시기다.

초석을 닦아놓은 황고수 부장의 의지를 받들어, 총괄기획부라는 부서가 단순히 부사장 세력을 견제하기 위해 창설하게 된 일시적인 세력이 아닌, 정식적으로 사내 업무를 총괄하기 위한 최중요 부서임을 증명시켜야 한다.

그 시기가 바로 지금이다.

그렇기 때문에 책임감을 느낀 조 실장이 민철의 빈자리를 대신 채우기 위해 일찍 출근을 서두른 것이다.

"그래도 민철 다음으로 내가 넘버 투이기도 하니까. 계급 순으로 따지면 그렇게 돼서 일부러 민철이 없는 동안 제대로 활약 좀 하려고 그런 거야."

"그렇다면 다행이에요."

사실 태희도 내심 조 실장이 당분간 민철의 빈자리를 대신해 움직여 줬으면 하는 바람이 있었다.

조 실장의 말대로, 계급상 그가 바로 넘버 투이기도 하니 말이다.

"그런데 외근 업무는 어떻게 하시려고요?"

"기남이 녀석이 있잖아. 그놈도 이제 슬슬 나 없이 혼자 외근 같은 것도 다녀보고 그래야지."

안 그래도 총괄기획부 내에서도 계급에 대한 개편 이야기가 오가고 있었다.

신입이 대거 들어왔기 때문에 우선적으로 서기남을 주임에서 팀장으로 승진시키고, 태희나 도안 중에서 한 명을 대리 자리, 혹은 주임 자리에 앉히려고 내부에서 논의 중에 있다.

물론 당사자들에게는 아직까지 비밀이다.

총괄기획부 내부에선 민철과 조 실장, 둘만이 아는 사실이
기도 하다.

　"태희 씨도 분발해서 같이 민철이의 빈자리가 느껴지지 않
게끔 일해보자고."

　"네, 알았어요."

　"도안이, 너도 우리 부서에 온 지는 얼마 안 됐지만, 그래도
최대한 열심히 노력해 주고."

　"예, 알겠습니다."

　도안이 비록 신입들에 비해 경력이 있다고는 하나, 총괄기획
부 업무로 따지면 신입들과 같이 배워가는 입장이기도 하다.

　그렇다고 배워가는 속도가 신입들과 엇비슷하다고 보기에
는 힘들다. 그래도 홍보팀에서 해왔던 경력이 있는지라 신입
들에 비해 비교적 빠르게 적응을 해나가고 있었다.

　정식으로 업무 배정이 되면, 그때부터 도안도 아마 이 부서
에서 당당하게 정식 업무를 할당받아 1인분을 해나갈 수 있
을 것이리라 예상된다.

＊　　　＊　　　＊

　"이 팀장."

　갑자기 차 실장에게 호명을 당한 남자가 목소리를 높이며

기운차게 대답한다.

"예, 실장님!"

"나, 잠깐 총괄기획부에 좀 다녀올 테니까 그리 알고 있어."

"볼일이라도 있으신 겁니까?"

"어, 거기에 신입들이 대량으로 들어왔잖아. 인적 사항 작성 좀 시키려고."

"그건 그냥 메신저로 따로 부탁하는 게 좋지 않을까요? 굳이 차 실장님께서 직접 가실 필요는 없다고 생각합니다만……."

"겸사겸사 해서 그냥 들르는 거다. 개인적인 볼일도 있고."

"그렇군요. 예, 알겠습니다. 그렇게 알아두고 있겠습니다."

"금방 오마."

"네."

사실 이 팀장의 말대로, 인적 사항 작성과 같은 그런 작업은 따로 태희에게 부탁을 해 작성란 형식이 마련되어 있는 파일을 온라인으로 건네준 뒤, 기재해서 다시 메신저로 보내달라고 하면 그만이다.

그러나 차 실장이 굳이 총괄기획부 사무실에 들르겠다고 말한 이유는 별거 없다.

호기심 때문이다.

이민철 부장이 장기간 자리를 비웠을 때, 총괄기획부는 과연 어떤 식으로 부서를 운영하게 될지 궁금증이 들었다.

총괄기획부는 사실 황고수 부장과 이민철, 두 명의 뛰어난 인재들에 의해 돌아가고 있었다 해도 과언이 아니었다.

물론 조 실장이라든지 서기남도 나름 활약을 해주고 있지만, 애초에 두 사람의 포스가 너무나도 강했다.

그러나 최근, 내통자 사건으로 인해 누명을 쓰게 된 황고수가 회사를 떠나게 되었다.

그래서 사실상 이민철 1인 체제로 운영되고 있었던 것이 총괄기획부의 현실이다.

그런데 과연, 이민철 부장이 신혼여행과 같은 일을 통해 오랫동안 그 자리를 비우게 된다면 총괄기획부는 그 업무 처리를 어떤 시스템을 통해 하게 될지 그것이 심히 궁금하다.

특히나 타 부서에 호기심이 많은 축에 속하는 인물, 차 실장이라면 충분히 궁금하게 여길 만도 할 것이다.

그래서 총괄기획부에 잠시 일이 있다는 거짓말까지 하면서 굳이 귀찮은 걸음을 자처하게 된 것이다.

"여기군."

최근 총괄기획부 인력 채용 덕분에 자주 여기 사무실과 왔다 갔다 할 일이 많았던 차 실장인지라 어렵지 않게 목적지에 도달할 수 있었다.

"어흠."

잠시 헛기침을 하며 문을 여는 차 실장.

과연 이민철 부장이 자리를 비운 총괄기획부 사무실의 모습은 어떠할까.

그의 호기심이 매섭게 발동되기 시작한다.

*          *          *

넓게 펼쳐진 해변.

투명한 바닷물이 보는 사람들로 하여금 마음의 안정을 찾게 만들어주는 역할을 도맡아 하고 있는 듯하다.

"과연… 여기가 하와이라는 곳이군."

사진, 혹은 동영상을 통해 몇 번 봐서 잘 알고는 있었으나, 눈으로 직접 보는 건 처음이다.

자연 경관에 대해 미련을 가지고 있던 민철로서는 정말 마음속으로 원하던 그런 곳이라는 표현을 사용해도 부족함이 없었다.

매번 높게 솟은 빌딩과 매연 덩어리를 배출하는 자동차만 봐와서 그런지 모르겠지만, 하와이라는 곳은 그나마 형편이 나아 보인다.

물론 이곳도 관광지로 개발이 되어 있던 터라 100퍼센트 순수하게 보존된 자연 경관을 보는 건 힘들다.

하지만 이 정도만으로도 충분하다.

오염된 도심 환경보다는 훨씬 나은 편이니 말이다.

"그래, 이래야 여행이라고 할 수 있지."

고개를 끄덕이며 하와이의 해변에 대한 감상을 토로하고 있을 무렵, 진지한 시선으로 해변을 감상하기 시작하는 그를 향해 질투의 시선이 담긴 체린의 반응이 이어진다.

"수영복 입은 백인 미녀들이라도 보는 거야?"

"하하, 그럴 리가."

"아까부터 민철 씨 시선이 자꾸 바닷가에 고정되어 있어서 불만이야."

체린의 톡 쏘는 말투가 민철의 뒤통수를 간지럽힌다.

시선을 돌려 체린의 전신을 쭉 훑어보기 시작하는 민철.

붉은색의 비키니를 걸치고 있는 체린의 몸매는 백인 모델 여성과 비교해 봐도 전혀 손색이 없다.

특히나 탈(脫)아시아 급으로 훌륭한 몸매를 지니고 있는지라 지나가던 외국 남자들도 자연스럽게 체린을 한 번 정도 시선을 던질 수밖에 없었다.

"이런 미인을 놔두고 다른 곳에 정신이 팔릴 틈이 있어?"

자신감이 넘치는 발언을 들려주는 체린의 말에 민철이 빙그레 미소를 짓는다.

"맞는 말이군."

그러면서 자연스럽게 손을 뻗어 체린의 가녀린 허리를 감싼다.

이 미인이 내 여자다.

그런 과시욕이 대뜸 발동된 것이다.

"기왕 바다에 왔으니, 물에 발이라도 담그는 게 좋겠지?"

체린의 화를 풀어주기 위해 슬쩍 제안하는 민철을 향해 체린이 기운차게 고개를 끄덕이며 대답한다.

"응, 당연하지."

하와이는 대한민국의 땅이 아니다.

여행을 온 동안 아는 사람을 만날 확률은 상당히 낮은 편이라 할 수 있다.

즉, 다시 말해서 남의 눈치 안 보고 이들이 하고 싶은 대로 행동해도 딱히 뭐라 할 사람은 없다는 것을 뜻한다.

천천히 바다를 향해 걸음을 옮기자, 먼발치에서 봤던 투명한 바다의 색이 두 사람을 반겨주기 시작한다.

"신기하군. 한국의 바다는 탁한 색이었는데."

부유물이라든지 뭔가 이것저것 많은 터라 바다의 색이 그리 좋진 않았다.

하나 외국의 바다는 느낌이 달라도 뭔가 다르다.

물론 모든 외국 바다가 전부 다 깨끗하고 투명한 건 아니겠지만 말이다.

"민철 씨, 뭐 먹고 싶은 거 있어?"

마침 근처의 먹거리를 파는 가게가 눈에 들어온 모양인지 대뜸 체린이 그의 의사를 물어온다.

"먹을 거라… 음료 정도면 괜찮겠지."

"코코넛 음료 있던 거 같은데, 그거는 어때?"

"나쁘지 않군."

"알았어. 잠깐만 기다리고 있어봐."

종종걸음으로 가게를 향해 나아가기 시작하는 체린의 뒷모습을 응시한다.

뒤태 또한 남심을 자극할 만큼 매력적인 모습을 뽐내고 있었다.

걸을 때마다 흔들리는 엉덩이와 허벅지의 살결.

그 모습을 감상하던 민철의 입가에 절로 미소가 그려진다.

'오늘 밤에는 힘 좀 써야겠군.'

＊　　＊　　＊

조심스레 문을 열고 총괄기획부 사무실 안으로 들어온 차 실장이 입구 근처에 있던 신입 사원 한 명에게 인사를 건넨다.

"혹시 조 실장 있나요?"

"아… 차 실장님이시군요! 잠깐 화장실 갔다 오겠다고 하셨습니다."

"하하, 그렇군요."

벌써부터 인사팀의 차원소를 알아보고 선뜻 인사를 건넨다.

'신입 교육이 잘되어 있군. 역시 이민철 부장이야.'

총괄기획부 신입들은 전부 민철이 직접 교육을 시켰다는 말이 사내에도 널리 퍼져 있었다.

부장이 직접 신입들을 교육시키는 건 거의 없는 사례인지라 여타 다른 부서 사람들에겐 좀 낯선 이야기로 들렸을지도 모른다.

하나 차 실장은 민철이 직접 신입들을 교육시키겠다는 전제 조건으로 내건 덕분에 한꺼번에 많은 신입을 뽑을 수 있었다는 걸 잘 알기에 딱히 크게 신경을 쓰진 않았다.

차 실장의 출현을 눈치챈 추화연이 활짝 웃으며 그에게 다가간다.

"어머나, 차 실장님. 무슨 일이신가요?"

"별건 아니고… 신입분들 인적 사항 좀 알아가려고 합니다만. 여기에 신입분들 정보를 기입해서 저한테 주시면 됩니다."

"네, 알았어요."

차 실장으로부터 종이 다발을 받은 화연이 고개를 끄덕이며 신입들을 불러 모은다.

"잠깐 하던 일 있으시면 멈추시고 회의실로 와주실래요?"

"네, 알겠습니다!"

화연의 말에 곧장 자리에서 일어선 신입들이 빠르게 그녀의 말에 통제된 행동을 보여준다. 볼 때마다 차 실장의 입에선 연신 감탄사가 새어 나올 수밖에 없었다.

'빠릿빠릿하고 싹싹해. 하나같이 전부 다 A급 사원들이구만.'

저들이 전부 다 인사팀 신입 사원들이었다면 얼마나 좋을까.

그전에 차 실장도 앞으로 신입이 들어온다면 자신이 직접 교육을 시킬까 하는 생각도 해보기 시작한다.

하지만 그건 어디까지나 이민철이기에 이런 훌륭한 결과물이 나올 수 있었던 것이다. 실장, 부장급은 실무 업무뿐만이 아니라 외근 업무, 그리고 상관들의 지시 수행이나 회의 참가 등 여러모로 후임 사원들보다 훨씬 바쁜 나날을 보내고 있다.

그런데 신입 교육 업무까지 어떻게 소화할 수 있겠는가.

그저 이민철이기 때문에 가능했다.

차 실장은 솔직히 말해서 자신이 신입 교육까지 담당할 엄두가 안 난다.

그래도 부러운 감정은 쉽사리 지울 순 없었다.

속으로 이런저런 생각에 잠겨 있는 차 실장을 향해 회의실에서 신입 사원들에게 인적 사항란이 담겨 있는 용지들을 나눠 주고 작성케 한 다음 다시 사무실로 복귀한 화연이 환한 미소와 함께 차 실장에게 음료 한 잔을 제안한다.

"물 드릴까요? 아니면 커피 어떠신가요?"

"그럼… 커피 한 잔 부탁드리겠습니다. 시원한 걸로요."

"네, 잠시만 거기 소파에 앉아서 기다려 주세요."

"알겠습니다."

본래는 태희가 할 일이지만, 현재 그녀는 잠시 타 부서에 볼일이 있어 자리를 비운 상황이다. 태희가 부재중인 경우에는 이렇게 화연이 주로 손님을 맞이하거나 기타 잡무 등을 소화한다. 빠르게 커피를 타는 동안, 화장실에 잠시 볼일이 있어 갔던 조 실장이 사무실에 다시 모습을 드러낸다.

"아니, 차 실장이잖아? 여긴 무슨 일인가."

총괄기획부 사무실 소파에 버젓이 앉아 있는 차 실장을 이제야 본 듯 짐짓 놀란 목소리를 들려주는 조 실장.

그의 목소리를 들은 차 실장이 회의실을 가리키며 자신이 이곳에 온 목적이 무엇인지 들려준다.

"신입 사원분들한테 인적 사항 작성 좀 시키고 있었어."

"그런 건 그냥 메신저로 주고받으면 될 것을… 귀찮은 짓을 하는구만."

"모처럼 여기 사람들 얼굴도 보고 싶어서 일부러 왔다고 생각해 줘."

"그런 거라면야 뭐… 화연 씨, 나도 커피 한 잔만 줘."

"네, 조금만 기다려 주세요."

추가 주문이 들어왔음에도 불구하고 표정 변화 없이 곧장 두 번째 커피를 제조하기 시작하는 화연이었다.

"그나저나 사무실이 텅 빈 느낌이군. 다른 사람들은 어디 갔나?"

"기남이 녀석은 도안이랑 같이 외근 나갔고, 태희 씨는 다른 부서에 일이 좀 있어서 잠시 거기 갔지."

"그렇구만… 아, 감사합니다."

냉커피 두 잔을 테이블 위에 올려놓는 화연을 향해 감사의 인사를 표현하는 차 실장.

이윽고 잔을 든 채 커피 한 모금을 음미해 본다.

"입맛에 맞으신가요?"

"예, 제 입에 딱 맞는 거 같습니다. 하하하."

"어머, 다행이에요."

수줍게 웃어 보이던 화연이 살짝 고개를 숙이며 다시 자신의 자리로 돌아간다.

한편, 차 실장의 맞은편 소파에 터를 잡은 조 실장이 역시나 마찬가지로 화연이 타준 커피를 마시며 말을 이어간다.

"그래, 요즘은 어떻게 지내나?"

"그냥 그럭저럭."

"요즘 인사팀이 좀 시끌벅적한 거 같은데. 자네도 참 괴롭겠구만."

"괴로울 것까지야. 우리보다 자네 쪽이 더 힘든 상황 아닌가?"

"우리?"

조 실장의 표정에 의아함이 드러난다.

그의 반응을 지켜보던 차 실장이 미약하게 고개를 끄덕여주며 왜 이런 말을 꺼내게 되었는지에 대해 설명을 들려준다.

"이민철 부장이 일주일이나 자리를 비우게 되었으니까 말이야."

"아, 그거라면 걱정하지 않아도 돼."

조 실장의 입가에 미묘한 감정이 섞이기 시작한다.

"그 녀석, 신혼여행 가기 전에 자신이 할 업무를 미리 다 싹 정리해 버리고 가버렸으니까."

"…뭐라고?"

순간 커피 잔을 들고 있던 손이 그대로 정지한다.

이건 또 무슨 말인가.

"오늘 아침까지만 하더라도 민철이 녀석이 없으니까 내가 그 빈자리를 채워줄 생각으로 나름 각오를 하면서 출근했단 말이야. 그런데 이 녀석, 알고 보니까 본인이 할 일을 전부 다 미리 처리해 놓고 갔어. 미팅 잡혀 있던 것도 미리 날짜를 당겨서 만나 버렸고, 업무 같은 건 이미 다 정리하고, 심지어 타 부서와 연관되어 있는 일들도 '이렇게 이렇게 하면 됩니다'

라는 식으로 다 말을 해놓고 갔다니까? 그리고 더 놀라운 건 뭔지 아나?"

"또 뭔가 있나 보군."

"아무리 업무를 미리 처리해 놓고 갔다 하더라도 상황에 따라 업무 처리 방식이 바뀌는 경우도 더러 있잖나. 그것들은 일일이 대처 플랜을 다 만들어놨더군."

"플… 랜이라고?"

"그래! A안, B안, C안 등등으로 나뉘어서 우리들한테 따로 파일을 남겼더구만. 이름하야 '이민철 부장의 업무 처리 매뉴얼' 이라고 할까… 날림으로 한 게 아닐까 싶었는데, 그것도 빈틈이 없어! 덕분에 우린 그 매뉴얼만 보고 쉽게 일처리를 하는 중이지."

"허허……."

"진짜 대단한 놈이라니까. 신입 사원 교육에 외근, 그리고 본인 업무에 결혼식 준비도 있었을 텐데 언제 또 그런 매뉴얼들을 다 만들어놓고 갔는지 알 수가 없어. 잠이나 제대로 잤을는지 모르겠구만."

"과연… 이민철 부장이로구만."

자신이 장기간 자리를 비울 경우까지 전부 다 생각해 업무 매뉴얼을 남겨두고 갔다니.

그건 차 실장도 예상하지 못했다.

그런 걸 준비할 시간도 없었을뿐더러, 미리 만들어놓는다 하더라도 업무 처리가 매뉴얼 그대로 흘러가는 경우도 사실은 좀처럼 없다.

"알면 알수록 대단한 놈이라니까. 덕분에 우리도 편하고 말이야."

"……"

이민철 부장이 자리를 비운 총괄기획부.

1주일이라는 짧은 기간이지만, 그 시간 동안 자리를 비운 만큼 총괄기획부의 성장 속도도 더디게 될 것이다. 하지만 민철은 그것조차도 허용하지 않았다.

'인정할 수밖에 없는 남자로군, 정말로……'

나름 오랫동안 청진그룹에서 일해온 차 실장이지만, 민철을 알면 알수록 놀라움의 연속이다.

빈틈이라는 게 전혀 보이지 않는 이민철.

'내가 괜한 발걸음을 했구만.'

차 실장의 얼굴에 절로 쓴웃음이 번질 수밖에 없었다.

『회사원 마스터』 9권에 계속…

# 초대형 24시 만화방

신간 100%, 샤워실, 흡연실, 수면실(침대석), 커플석, 세탁기 완비

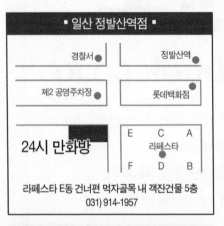

■ 일산 정발산역점 ■

라페스타 T동 건너편 먹자골목 내 객잔건물 5층
031) 914-1957

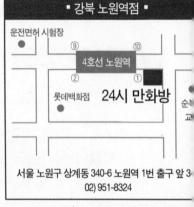

■ 강북 노원역점 ■

서울 노원구 상계동 340-6 노원역 1번 출구 앞 3
02) 951-8324

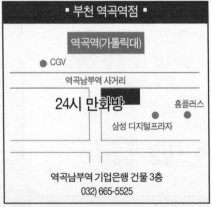

■ 부천 역곡역점 ■

역곡남부역 기업은행 건물 3층
032) 665-5525

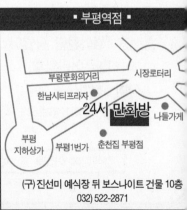

■ 부평역점 ■

(구) 진선미 예식장 뒤 보스나이트 건물 10층
032) 522-2871

가프 장편 소설

# 관상왕의
# 1번룸

FUSION FANTASTIC STORY

거대한 도시의 그늘에서 벌어지는
짜릿하고 통쾌한 이야기!

## 『관상왕의 1번룸』

텐프로의 진상 처리 담당, 홍 부장.
절망적인 삶의 끝에서 만난 남국의 바다는
그를 새로운 인생으로 인도하는데…….

쾌락을 원하는 거부, 성공에 목마른 사업가,
그리고 실패로 절망한 사람들이여.

## 여기, 관상왕의 1번룸으로 오라!

Book Publishing CHUNGEORAM

유행이 아닌 자유추구 -
**WWW.chungeoram.com**

박선우 장편 소설
FUSION FANTASTIC STORY

PERFECT GAME
퍼펙트 게임

고통과 좌절의 시간들을 뛰어넘어
불사조처럼 일어나 세계를 제패한 사나이의 일대기.

대한민국을 넘어 메이저리그를 평정하며
명예의 전당에 헌정된 언터처블 투수, 이강찬.

강철 같은 어깨에서 뿜어져 나오는 그의 패스트볼은
무적이었으며 야구계에 길이 남을 신화였다.

야구만을 사랑했던 고독한 사나이.
그의 퍼펙트게임이 이제 시작된다!

Book Publishing CHUNGEORAM

멱운 장편 소설

FUSION FANTASTIC STORY

전꽁

삼국지

2세기 말 중국 대륙.
역사상 가장 치열했던 쟁패(爭覇)의
시기가 열린다!

중국 고대문학을 공부하던 전도형,
술 마시고 일어나니 도겸의 둘째 아들이 되었다?

조조는 아비의 원수를 갚으러 쳐들어오고
유비는 서주를 빼앗으려 기회만 노리는데…….

"역시 옛사람들은 순수하다니까.
　유비가 어설픈 연기로도 성공한 데는 다 이유가 있지, 암."

**때로는 군자처럼, 때로는 효웅처럼!
도형이 보여주는 난세를 살아가는 법!**

Book Publishing CHUNGEORAM

유행이 아닌 자유추구 -
WWW.chungeoram.com

FUSION FANTASTIC STORY

비츄 장편소설

# 올 스탯
# 슬레이어

## 강해지고 싶은 자, 스탯을 올려라!
## 『올 스탯 슬레이어』

갑작스런 몬스터의 출현으로 급변한 세계.
그리고 등장한 슬레이어.

### [유현석 님은 슬레이어로 선택되었습니다.]
"미친… 내가 아직도 꿈을 꾸나?"

### 권태로움에 빠져 있던 그가…

"뭐냐 너?"
"글쎄. 나도 예상은 못했는데, 한 방에 죽네."

## 슬레이어로 각성하다!

Book Publishing CHUNGEORAM

이경영 판타지 장편소설

FANTASY FRONTIER SPIRIT

# 그라니트

## 용들의 땅

GRANITE

사고로 위장된 사건에 의해 동료를 모두 잃고 서로를 만나게 된 '치프'와 '데스디아'.
사건의 이면에 상식을 벗어난 음모가 있음을 알게 된 둘은
동료들의 죽음을 가슴에 새긴 채 각자의 고향으로 돌아간다.
2년 후, 뜻하지 않게 다시 만난 두 사람은 동료들의 복수를 위해
개척용역회사 '그라니트 용역'을 설립해 다시금 그 땅을 찾게 되는데……

### 용들이 지배하는 땅 그라니트!
### 그곳에서 펼쳐지는 고대로부터 이어지는 운명적 만남,
### 깊어지는 오해, 그리고 채워지는 상처.

## 『가즈 나이트』시리즈 이경영 작가의 미래형 판타지 신작!

Book Publishing CHUNGEORAM

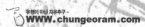

유행이 아닌 자유추구 -
WWW.chungeoram.com